U0491782

读懂鲁迅很容易

申怡 / 著

犀利的批判者

天地出版社 | TIANDI PRESS

序

拿下"鲁迅"的秘密武器

· 申怡

亲爱的小读者,你好,我是申怡。我从事语文教学已经有近30年的时间了。

关于鲁迅,你可能听说过一句开玩笑的话:学语文有三怕,一怕文言文,二怕写作文,三怕周树人。周树人就是鲁迅先生。

从小学到中学,鲁迅都是语文教材里选篇最多的作家之一,各种考试也特别爱考。比如,备战中考,你一定要好好阅读《朝花夕拾》里的作品;高考,爱拿鲁迅的文章考阅读,2019年全国高考语文Ⅰ卷就考了鲁迅的小说《理水》;还有北大、复旦等一流大学的自主招生考试,除了会考鲁迅文章的阅读,还曾经把鲁迅说的话直接作为作文的题目。

但是,鲁迅先生写作的年代离我们比较远了,很多作品读起来有些晦涩难懂。我们和鲁迅之间,似乎总是挡着一座难以逾越的大山。

不过,我教过的学生,他们不仅不怕鲁迅,还都很喜欢读鲁迅先生的作品。因为我有"秘密武器",可以让他们走近鲁迅、亲近鲁迅,不仅读懂鲁迅的作品,了解鲁迅的思想,还能从鲁迅的文章中学会很多写作方法。

现在很多时候,全国各地的重点中学都会邀请我去讲课,但是由于时间和场地有限，我能教的学生还是太少了。为了让更多的人从我的这套方法里受益，我创作了这套《读懂鲁迅很容易》。

本套书中选取了近50篇文章，覆盖了鲁迅先生所有重要的作品，当然也包括课本里的选篇，能帮助你完整、系统地读懂鲁迅。

第一册《温情的硬汉》，带你了解鲁迅的写作背景和生平，让你看到一个立体、鲜活的鲁迅。

鲁迅的文章为什么难读？首先是因为我们不了解鲁迅的写作背景，很难理解鲁迅的观点和表达；其次是因为鲁迅被很多人神化了，让我们觉得鲁迅离我们很远，高高在上，跟我们没有什么关系。所以，在这一册中，我选了跟鲁迅本人的成长经历相关的小说和散文等进行讲解。看完之后，你会对鲁迅先生这个人有全面的了解，这是读懂鲁迅文章的基础。

第二册《呐喊的战士》，选的都是鲁迅的小说，带你掌握鲁迅笔下的人物特点，读懂鲁迅先生对国民性以及民族命运的思考。

这里面既有阿Q这种代表国民的小人物，也有孔乙己这样的下层知识分子，还有后羿这种神话里的大英雄……人物分析，是咱们考试经常会考到的内容，而鲁迅写人的手法，很值得咱们借鉴。

第三册《犀利的批判者》，主要选取鲁迅先生的杂文和散文诗。这些文章中，既有先生对身边小事的思考，也有对社会大事的关注。通过阅读这些文章，我们可以更加全面地了解鲁迅先生的思想。

就像鲁迅先生在一篇文章里写的那样："无穷的远方，无数的人们，都和我有关。"鲁迅先生关心所有的人、所有的事，就连生活中很容易被忽视的小事，被他稍加整理、深入思考，都能呈现出理性的光辉，具有启发我们思考的价值。在这一册中，你不仅能了解鲁迅的思想，也能学会他的思考角度，从而建立属于你自己的独立的思想。

鲁迅是语文学习的重点，也是难点，把"鲁迅"这一关拿下来，会对你的语文学习起到整体的提高和促进作用，这里面当然也包括你的写作能力。

鲁迅作文章那是一等一的高手，不但绝不会跑题，而且总是别开生面，还能够深入思考，放到我们现在来看，那真是篇篇都是"高分作文"。所以，我们还可以向鲁迅学习如何写作文。比如从《藤野先生》中，学习外貌描写；从《社戏》里，学习呼应、照应的方法；等等。**我在每一讲后都撰写了"创作锦囊"，结合鲁迅的文章，教你怎么去写作。**

从今天开始，咱们就一起来读鲁迅吧。把"鲁迅"这个难点搞定之后，"会当凌绝顶"，语文学习的其他内容对你来说，都可以"一览众山小"了。

目录

《记念刘和珍君》：
我们需要真的猛士　06

《为了忘却的记念》：
文章题目为何如此矛盾？　16

《略论中国人的脸》：
深刻剖析国民性　27

《聪明人和傻子和奴才》：
我们要做清醒、实干的人　35

《求乞者》：
鲁迅的寂寞与孤独　43

《论睁了眼看》：
在小事中一点一点觉醒　51

《"友邦惊诧"论》：
层层拆解，有力批驳　59

《中国人失掉自信力了吗》：
有中国脊梁在，我们就没有失掉自信力　66

《论雷峰塔的倒掉》：
以传说故事讽喻时事　74

《立论》：
"立论"为什么难？　82

《经验》：
怎样理性地对待经验？　90

《灯下漫笔》：
奴性社会的本质和青年的使命　97

《读书杂谈》：
我们应该如何读书？　104

《作文秘诀》《答北斗杂志社问——创作要怎样才会好？》：
鲁迅写文章的"秘诀"　111

《拿来主义》：
主动思考，主动选择，主动行动　118

《文学和出汗》：
鲁迅与梁实秋的争论　126

《捧与挖》：
旧中国的不良现象　133

《记念刘和珍君》：我们需要真的猛士

这一讲要讲的这篇《记念刘和珍君》，是鲁迅先生1926年发表的一篇文章。在1926年，发生了这么一件大事——"三一八惨案"，这篇文章的主人公刘和珍，是当时北京的一位学生领袖，她就在这次惨案中遇害了，遇害的时候年仅22岁。

那么，什么是"三一八惨案"呢？

那个时候，中国国内军阀混战，而日本是支持段祺瑞执政府的。1926年3月，张作霖的军舰在日本军舰的掩护下，开进了天津大沽口，跟冯玉祥带领的国民军打了起来。国民军奋力还击，把日本军舰赶出了大沽口。

结果日本就纠集了英、美等八国，向段祺瑞执政府发出通牒，说中国违反了《辛丑条约》对他们的友好态

《记念刘和珍君》：
我们需要真的猛士

度，要求中国道歉，并且拆除大沽口的防御工事。日本跟段祺瑞执政府是一伙的呀，段祺瑞执政府肯定会同意日本的要求，要进行道歉和赔偿。

所以国民党就和共产党联合在一起，说一定要表达出中国人自己的声音，然后他们就组织群众去游行，抗议段祺瑞执政府要给日本人回应这个事情。他们觉得这种时候，政府的态度应该是强硬的，应该是不理会日本人的无理要求的。

于是，在3月18日这天，北京群众（其中有学生）就去天安门集会游行请愿，之后又去段祺瑞执政府游行。段祺瑞执政府，在现在北京的东四十条，从天安门走到东四十条，这个距离是相当长的，走路要一个多小时。在这段时间里，段祺瑞执政府已经想好了应对的措施。游行群众来了之后，他们就朝人群开枪了，当时死了47人，伤了近200人。

这就是"三一八惨案"。很多人都表示这是民国建立以来最黑暗的一天，政府居然对手无寸铁的爱国群众

（学生）开枪。

惨案发生后，人们在北京大学开了一个大型追悼会，悼念死难的学生。鲁迅先生的这篇文章，就是从这次追悼会写起的。文章的第一句，非常值得我们好好分析一下：

"中华民国十五年三月二十五日，就是国立北京女子师范大学为十八日在段祺瑞执政府前遇害的刘和珍杨德群两君开追悼会的那一天，我独在礼堂外徘徊……"

这个开头，看上去非常冷静，我们能感觉到鲁迅先生是在压抑着自己的情绪的。但是，他一定要强调"中华民国十五年"，为什么呢？这是要强调我们已经进入到民主社会了。接下来又强调说"国立北京女子师范大学"，意思是这些死难的学生，他们是来自正经学校的学生。然后，他又强调了"在段祺瑞执政府前遇害"。整个开头就是说：我们已步入民主的社会，但是学生在政府前遇害了。

你看，鲁迅他不直接抒情，他就是把这些事实摆在一起，让你看到赤裸裸的现实。

接着，鲁迅说"我独在礼堂外徘徊"，他不说他的感

《记念刘和珍君》：
我们需要真的猛士

情，他说他的动作——"独在礼堂外徘徊"。什么情况下，人会徘徊呢？内心有郁结的、难以疏散的情绪时，人才会徘徊。

说是"记念刘和珍"，理所当然地，鲁迅就回忆起他和刘和珍的交往。刘和珍和鲁迅有着师生情分，她生前很爱读鲁迅的文章。

鲁迅说到了他编的杂志《莽原》。那个时候，学生都穷，没什么钱，而且鲁迅办的杂志经常是有始无终的，比如之前我们讲过的《新生》杂志。但是，在这样的情况下，毅然订了全年《莽原》杂志的，就有刘和珍。为什么呢？因为她是一个正直的学生，她追求真理，向往真理。

刘和珍给我们的印象，除了特别上进、特别勤奋，还有她的外表很温和。她担心母校的前途时，会黯然落泪，这说明她有责任感，并且对现实有清醒的认识。这些都丰满了刘和珍的形象。

鲁迅先生把刘和珍写得越温和、上进、有责任感，我们就越能感受到这样的青年被杀害，是多么让人痛心，也越能体会到这个政府、这个社会是多么黑暗。

而且把刘和珍他们杀掉还不算，当时段祺瑞执政府还雇了一批文人，抹黑这些死难的学生，说他们是暴徒，说他们冲击政府、危害社会，是该杀的。

鲁迅先生出离愤怒了，他先是觉得"实在无话可说"，接着觉得"有写一点东西的必要"，之后又觉得自己没有办法再保持沉默了，"不在沉默中爆发，就在沉默中灭亡"。鲁迅先生，有话要说。

鲁迅先生要说些什么呢？他用春秋笔法，报道了惨案的过程。所谓春秋笔法，就是在材料的选择上体现态度，作者虽然不直接说他的态度，但是他的态度是能在他的叙述中看出来的。

鲁迅说刘和珍他们是欣然前往的，他们高高兴兴的，想着自己是为国家呐喊请愿，而且反的不是段祺瑞执政府，只是说不要对日本人屈服，这是很正常的一个行为。

但是他们竟然在执政府前中弹了，而且鲁迅一定要强调子弹是从背部射入的。你想啊，如果学生是暴徒，

**《记念刘和珍君》：
我们需要真的猛士**

向前去冲击执政府的话，子弹就应该是从前面射入的。从后背射入只有两种可能：一种是学生转身要走了，子弹从背部射入；还有一种，就是执政府早就设好了天罗地网，早就包围好了，就等学生来了。

我们前面强调了，从天安门广场到段祺瑞执政府，走路要一个多小时，这段时间里，学生是热情高涨的，因为他们要为国家振臂高呼。而段祺瑞执政府那边做好了准备，要枪杀学生。等学生进了罗网之后，子弹从背部射入，而且斜穿心肺。打枪应该是直着打，为什么是斜穿呢？从高处往下射击才会斜穿啊！所以，从这种春秋笔法，我们能看出来，这就是一次有预谋的杀害。

然后，鲁迅先生写了一个很有象征意义的形象，说中外杀人者居然昂起头来，不知道个个脸上有血污。这是在说：你们杀了人，不以为羞耻，反而认为这是自己执政的丰功伟绩，你们脸上是有血污的，再也洗不干净了。

写到这儿，鲁迅先生已经把自己的怒火完全喷泄出来了。按理说，这篇文章到这里就该结束了，但鲁迅先生的了不起，就在于他对这个事件还是有思考的。

鲁迅先生的第一个思考是：牺牲了以后有什么用？有限的几个生命在中国不算什么，只不过成为无恶意的闲人饭后的谈资，所以并没有什么用。

但是，在各种运动当中，还是有很多人会鼓励年轻人，让学生往前冲，所以鲁迅先生说：我爱这些学生，我同情他们，我因为他们的死而感到悲愤，我更加把我的怒火喷射到黑暗的现实中去。但是我依然要理性地对我的学生说，不要做无谓的牺牲，没有意义。

鲁迅先生的第二个思考是：请愿、牺牲这样的行动，他是不支持的，但是死难学生的精神是值得我们学习的。鲁迅先生写道："苟活者在淡红的血色中，会依稀看见微茫的希望；真的猛士，将更奋然而前行。"

"苟活者"就是像鲁迅一样有良知、有思想、愿意接着前行下去的人。而"真的猛士"，是像刘和珍这样的人，以及未来被刘和珍他们的精神所感召的人，他们将更加努力地继续前行。

到最后，鲁迅说："呜呼，我说不出话，但以此记念

《记念刘和珍君》：
我们需要真的猛士

刘和珍君！"

鲁迅对刘和珍，是敬重也好，怀念也好，心痛也好，最后凝成了一个词——"记念"，"我以此记念刘和珍君"。

总结一下，《记念刘和珍君》这篇文章，我们可以读到三层意思，最简单的一层就是鲁迅对刘和珍牺牲这件事情的感情。

把它再读得丰富一点，我们读出了段祺瑞执政府枪杀学生的凶残举动，这是第二层的意思。

再深一层，就是要读出鲁迅先生对社会现状的思考：这样无谓的牺牲越少越好，因为我们要保存实力，我们要慢慢地走下去。因为这是一段很漫长的旅程，而旅程当中需要真的猛士。

◎ 创作锦囊
运用转折句

读完了《记念刘和珍君》，我要教给你一个写作方法，就是"运用转折句"。

在《记念刘和珍君》中，鲁迅大量地使用了转折句。

比如，有这样两句："下午便得到噩耗，说卫队居然开枪，死伤至数百人，而刘和珍君即在遇害者之列。但我对于这些传说，竟至于颇为怀疑。"

接下来，又是一个转折："然而即日证明是事实了，作证的便是她自己的尸骸。"

我们捋一下这里面的转折：已经得到噩耗了，但是鲁迅不相信这是真的，然而这确实是真的。

这些转折句的使用，突出了鲁迅在心中觉得这件事情是极其出人意料的。

这种方法，我们在写作中也是可以运用的。比如，你觉得自己今天很不顺。但是，没想到出门买水的时候，居然中了一个奖。这是第一次转折。然后，你又接到老师的电话，告诉你，你在作文比赛中得了奖。这是第二次转折。通过两次转折的使用，你的文章就更有故事性了。

《为了忘却的记念》：
文章题目为何如此矛盾？

这一讲，我们要讲的这篇文章，叫作《为了忘却的记念》。鲁迅有五位志同道合的朋友被敌人杀害了，所以鲁迅写下了这篇悼念的文章。但是，文章的题目很奇怪，《为了忘却的记念》，明明是要好的朋友，鲁迅为什么要忘记他们呢？既然要忘记，为什么又要"记念"呢？别着急，看下去你自然就知道了。

我们先来说一说这篇文章的背景。

在1927年的"四一二政变"之后，以蒋介石为首的国民党叛变了革命，开始从军事和文化上对共产党人进行"围剿"。他们捣毁进步的文艺团体、书店，查禁进步书刊，逮捕甚至秘密屠杀进步作家。1931年的一天，中国左翼作家联盟的五位作家——白莽、柔石、冯铿、李伟森、胡也频被秘密逮捕，之后被枪杀了。左翼作家联

《为了忘却的记念》：
文章题目为何如此矛盾？

盟，简称"左联"，是中国共产党领导的文学团体，宣传无产阶级文艺思想，批判官方文学与资产阶级文学。鲁迅是这个组织的领导成员之一。

所以，在这几位朋友遇难两周年的时候，鲁迅写下了这篇文章。

文章一开篇，鲁迅先生说："我早已想写一点文字，来记念几个青年的作家。这并非为了别的，只因为两年以来，悲愤总时时来袭击我的心，至今没有停止，我很想借此算是竦身一摇，将悲哀摆脱，给自己轻松一下，照直说，就是我倒要将他们忘却了。"

这段话解答了一开始我提出的问题。鲁迅先生始终忘不了这几位朋友。这种思念给他造成了巨大的困惑，他想将这篇文章作为一个告别仪式，正式让自己摆脱悲哀。所以，这篇文章的确是在纪念朋友，但纪念的目的是为了忘却。

接下来，鲁迅就介绍了第一位朋友——白莽。鲁迅在当杂志编辑的时候，接到了白莽的投稿，是从德语翻译过来的一篇文章。鲁迅写信给白莽，想要看看这篇文章的德语原文，白莽就亲自把原文给鲁迅送去了，于是两人有了第一次见面。

鲁迅回忆说，白莽是一个面貌端正、肤色黑黑的二十多岁的青年。见面的第二天，鲁迅收到了白莽的来信。白莽说，见面时自己的话太多，鲁迅的话太少，显得有些傲慢，这个有点刺激到他了。这当然是白莽误解了鲁迅，鲁迅话少其实是因为两人初次见面，还不太熟。

从这件事情，你能看出来，白莽是一个敏感、直率、单纯的人。说他敏感，是因为鲁迅说话少，他就觉得受到了伤害；说他直率、单纯，是因为懂得人情世故的人，是不会直接写信去跟鲁迅说这件事的，因为这么做很容易得罪人。

从白莽的这几个特点，你也可以了解到，当他认定一件事情的时候，他一定会义无反顾，执着不悔。

虽然白莽误会了鲁迅，但和蔼的鲁迅先生并没有把这件事放在心上，反而还送书给他，并且表示很欣赏他，希望他能够再翻译几首诗。白莽果然译了几首，拿给鲁迅先生看。这是他们的第二次见面，谈得比第一次多

《为了忘却的记念》：
文章题目为何如此矛盾？

一些。

第三次见面的时候，是个大热天，可白莽居然穿了一件厚棉袍，这是怎么回事呢？白莽告诉鲁迅，自己是个革命者，前阵子被捕了，现在刚刚放出来，所以穿的还是被捕时的那件厚棉袍。

我们都知道，在那个年代，革命党人的身份都是秘密的，但只是第三次见面，白莽就把这么大的一个秘密告诉鲁迅，这足以说明他对鲁迅的信任。

在白莽之后，鲁迅又讲述了另外两位遇害的朋友，这是一对夫妇——柔石和冯铿。

柔石是鲁迅非常亲近的朋友。而鲁迅笔下的柔石，是一个颇有点"迂"的人，迂腐的迂，同时也是一个非常善良的人。

咱们先来说说柔石的"迂"，这个字打了引号，因为迂腐本来是贬义词，但鲁迅说柔石"迂"，却不是贬义。

鲁迅说柔石像方孝孺。方孝孺是明代的一个文人。当时，燕王朱棣篡夺了皇位，为了把这件事变得名正言顺，他就找文坛领袖方孝孺，让方孝孺写一个即位诏书，昭告天下。方孝孺拒绝了，说："你现在虽然当了皇帝，但是你篡位是违反人伦常规的，我就不给你写。"方孝孺最后被诛了十族，自己也被凌迟处死了。所以，鲁迅说柔石像方孝孺一样"迂"，其实是说，柔石是一个很硬气的人，如果他心中认定了要做什么事，就绝不会有任何动摇。

咱们来看看柔石都做过哪些"迂"的事。柔石参与创办了朝花社，致力于向国人介绍外国的文学和版画。他事必躬亲地处理校稿、印刷等事务，但可惜，朝花社不久就倒闭了，柔石还得借钱去支付买纸的账单。但他没有怨天尤人，而是努力翻译作品，还清借款。

还有一回，柔石说要改变自己作品的内容和形式，鲁迅跟他讲，这事他没干过，还挺难的。但柔石说：只要学起来。你看，在"迂"的背后，是柔石的真诚和坚持：他不怕困难，他愿意付出。

说完了柔石的"迂"，咱们再来说说他的善良。在鲁迅讲到有人会骗人、会出卖朋友的时候，柔石就额头亮亮的，瞪大了圆圆的眼睛，说："会这样的么？——不至

《为了忘却的记念》：
文章题目为何如此矛盾？

于此罢？"一个已经走入社会的青年，居然会认为人心都是美好的。这正是因为他有一颗善良的心。

柔石和鲁迅一起走路，过马路的时候总是死死地拽着鲁迅，为什么呢？因为柔石是个近视眼，他自己看不清楚，就以为鲁迅先生也会看不清楚，怕鲁迅过马路时被车撞了。柔石的善良，是他永远站在别人的角度想别人的难处，然后站在自己的角度去想怎么照顾别人。

你看，不管是白莽，还是柔石，他们都是可爱的、对理想信念有坚持的年轻人。

至于柔石的爱人冯铿，给鲁迅先生留下的印象是："她的体质是弱的，也并不美丽。"但这位柔弱的冯铿女士也是被害的五位作家之一，是不输给男子的巾帼英雄。所以我们说，在一个民族前行的过程中，总有千千万万个这样普通的毫不起眼的人，突然之间就走到我们的面前，承担起很重的一份责任。

另两位朋友——李伟森、胡也频，鲁迅没有讲他们的故事，只知道他们和白莽、柔石、冯铿一起被捕了。

当时事发突然，前一秒还在和鲁迅商量印书合同的柔石，转眼间就被捕了。

因为柔石身上的合同有鲁迅的信息，极有可能把鲁迅也牵扯进去，所以鲁迅选择了逃跑。

你可能会很奇怪：鲁迅怎么逃跑了呢？这不是贪生怕死吗？其实不是。在那个时期，敌人到处搜捕他们，一旦被抓，就没有了生存的机会，如果所有人都被捕了，那这些进步青年的主张和思想，不就后继无人了吗？出于这种考虑，鲁迅选择了逃跑，以保存自己的实力，能够继续斗争。

尽管选择了逃跑，但是鲁迅仍然关心着狱中的朋友。而柔石虽然被捕了，但他还在监狱里学习德文，他还没有放弃对生活的热情。

可就在突然之间，鲁迅得知，柔石他们被杀害了。鲁迅的心情很沉重，当他想起牺牲了的朋友们，悲伤难过的时候，他只能"怒向刀丛觅小诗"。这其实也是在告诉我们，鲁迅后期写出那些激烈的文字的原因，就是他看到了太多现实的冷酷，看到周围的许多朋友——年轻的生命就这样牺牲之后，他有一种愤怒。

23

《为了忘却的记念》：
文章题目为何如此矛盾？

文章的最后是鲁迅情感的强烈抒发，他引用了一首诗《爱情与自由》：

"生命诚可贵，

爱情价更高；

若为自由故，

二者皆可抛！"

在鲁迅先生的眼里，没有什么比自由的人格更重要了，他的这些朋友，也都是在为自由斗争的过程中光荣牺牲的。鲁迅先生希望将来有一天，能有人再次记起他们，而且他也相信，一定会有人记得他们！因此，我们也就更能理解，鲁迅为什么要"记念"，"记念"之后，他才能收拾好包袱，更加坚定地走下去。

◎创作锦囊
诗句点睛

读完《为了忘却的记念》这篇文章,你会发现,鲁迅在文章最后,用《爱情与自由》这首诗,对整篇文章进行了总结和升华,起到了画龙点睛的作用。

其实,文章中还有一首七律诗:"惯于长夜过春时,挈妇将雏鬓有丝。梦里依稀慈母泪,城头变幻大王旗。忍看朋辈成新鬼,怒向刀丛觅小诗。吟罢低眉无写处,月光如水照缁衣。"

诗的首联——"惯于长夜过春时,挈妇将雏鬓有丝"——突出的是环境和境遇。"挈妇将雏"就是携妻带子,生活多少有一些窘境。"鬓有丝"写的是人也老了。

颔联中的"城头变幻大王旗",不就是军阀混战的写照吗?

颈联中的"怒向刀丛觅小诗",说的是自己的心境,面对四面"刀丛",也就是黑暗的政府、恐怖的现实,"觅小诗"表达的是不屈服。

尾联"吟罢低眉无写处,月光如水照缁衣"又回到景物,突出了悲凉。

你看,这样一首诗代表鲁迅说出了多少心事,这样的作用就叫"点睛",突出文章的精气神儿。

《为了忘却的记念》：
文章题目为何如此矛盾？

你在写作文的时候，也可以用诗句来"点睛"。你如果要描写和朋友分别的场面，就可以写一句"海内存知己，天涯若比邻"。看到美丽的景色时，别人写有很多鸟，你就可以写"落霞与孤鹜齐飞"。"有很多鸟"只是看到的真实发生的事情，而"落霞与孤鹜齐飞"能够表达出你看到美丽景象时心中的那种感动。

《略论中国人的脸》：
深刻剖析国民性

这一讲，我们来讲鲁迅先生的一篇杂文《略论中国人的脸》。杂文呢，总是东一句西一句的，你可能觉得哪儿都不挨着哪儿，但其实文章自始至终都有一个核心议题。那这篇文章的核心议题是什么呢？其实我们从《略论中国人的脸》这个题目就能看出来。"略论"，是简单地议论；"中国人的脸"，实际上是一个形象化的表达，意思是要从外表、外貌这个方面，来谈谈中国人。

文章第一部分先从"我"第一次看见西洋人时的感受引入。"我"第一次看见西洋人的时候，觉得西洋人脸太白，头发太黄，眼珠太淡，鼻梁太高。

在我们中国人看来，西洋人长得特别古怪，中国人的长相才是正常的。这就有点像我们前面讲过的阿Q的心态：我熟悉的东西就是正常的，我不熟悉的东西就是不正常的。

接下来，鲁迅讲到了古人看相。比如，《孟子·离娄》里就有这样的话，看人要先看他的眼睛，由此来判断这个人是什么样的人。在民间也经常听到一些说法，比如"看这个人真有福相""这个人颧骨高，所以她可能伤害到她丈夫"等，都是在说看一个人的脸就能看出这个人的命运。

当然，鲁迅先生是不同意这种说法的。我们不能靠外貌去判断一个人，因为这样太狭隘了。

接下来，鲁迅先生又说回到外国人，寥寥几笔写出了中国人眼中外国人的缺点。比如说，外国人皮肤白，连汗毛都是白的，皮肤上的红点和脸上的红鼻子在白皮肤的衬托下格外突出。

那么，外国人看中国人呢？在外国人的画作中，中国人两眼歪斜，张嘴露齿。可见在外国人眼里，中国人的样貌也是不怎么好的。

从文章的第一部分，我们能看到三种错误的心态：第一种，只要和自己不一样，那就是有问题；第二种，只通过外貌去判断一个人；第三种，戴着有色眼镜去看人。鲁迅先生

《略论中国人的脸》：深刻剖析国民性

觉得，这些都是错误的。

而且，鲁迅还直接表达了对一部分中国人的不满。什么样的中国人呢？爱看热闹的人，我们现在叫"吃瓜群众"，在鲁迅那个时代，叫"看客"。

既然看人不能只看表面，那我们就要看到长相背后的，人的思想、情感、心态是什么。在文章的第二部分，鲁迅先生指出，在长相的背后，中国人的问题就在于，没有表现出该有的精神面貌。

首先，鲁迅借着日本一位评论家长谷川的讽刺文章，总结出了一套"人+兽性=西洋人"的公式。兽性，就是那种野蛮、残暴的动物性。"人+兽性=西洋人"，是指当时的西洋人性格外放，善于侵略、凌辱别人。

接着，鲁迅开始思考咱们中国人的身上是否也有一些附加的属性，是不是也可以套用这个公式，写出一个"人+家畜性=某一种人"的新公式。

"家畜性"是什么意思呢？家畜，是被驯化了的，已经失去了自己的动物本性的动物。如果说"人+兽性"

的西洋人,强调的是作为侵略者的西洋人,那么,"人+家畜性"的中国人,就是屈服于侵略者的、一味地摇尾乞怜的人。

另外,中国人还可能是"人－兽性",意思就是没有血性,没有反抗精神。

这几个公式,都是带有批判和思考的。鲁迅先生想说的是,人什么时候才能等于人本身呢?我们这个民族也好,或者每个人也好,我们能不能像人一样活着,我们既不要带着兽性去侵略别人,也不要带着家畜性被人侵略。

在文章的最后一部分,鲁迅说到了电影当中的中国人的脸。古装电影当中,"有身穿不知何时何代的衣服的人物,缓慢地动作;脸正如古人一般死,因为要显得活,便只好加上些旧式戏子的昏庸"。什么意思呢?这就是说中国人如果要像过去的人那样活着,那他就是死板的、不知进步的,他就是没有生命力的。

那么,现代时装电影里的中国人又是怎样的?大多数是像流氓、妓女之类长相狡猾的人,就连正面人物,眉宇间也带着上海洋场式的狡猾。

电影里两种中国人的脸,一种是从古代封建糟粕

《略论中国人的脸》：深刻剖析国民性

遗留下来的木讷呆板，一种是流窜在当时社会中的阴险狡猾。

通过这两种中国人的脸，鲁迅要说的是：第一，中国人本身是不觉醒的；第二，为了吸引公众的注意，社会文艺推出了一些不正常的人性。你看电影的时候，沉浸在虚假世界当中，你以为你真正认识这个民族，认识这个国家了，实际上并没有。

所以在文章的结尾处，鲁迅写道："可惜电影一开演，电灯一定熄灭，我不能看见人们的下巴。"意思就是，如果你只是看到电影中不正常的人性，只是看别人的笑话，然后借此去批判或者表扬这个人的话，那你也不过是一个看热闹的人。

现在我们回过头来总结一下。《略论中国人的脸》这篇杂文里，鲁迅一步步地剖析了那个年代中国人的国民性。从一开始对中国人样貌和西洋人样貌的点评，到深入思考中国人和西洋人到底哪里不同，这种不同是好是坏，最终清楚地看到中国人脸上的不同面孔。

这不仅是鲁迅先生对中国人国民性的深刻认识，如果我们把它缩小到个人身上，就会发现这其实也是一个自我发掘、自我反省的过程。很多人看别人时明白，要多角度地观察才能得知最后的真相，可是低头看镜子中的那个自己的时候，却又选择性或习惯性地忽视了自己完整的样子，或只关注缺点，或只关注优点，这些都不是正确认识自己的好方法。学会多角度、完整地认识自我，是人生成长道路上重要的一课。

　　下一讲，咱们来讲《聪明人和傻子和奴才》。当奴才遇到聪明人和傻子，会发生什么事儿呢？咱们下一讲再说。

《略论中国人的脸》：
深刻剖析国民性

◎创作锦囊
公式法写人物

读完《略论中国人的脸》，相信你一定对文中的两个公式印象深刻：一个是"人+兽性=西洋人"，另一个是"人+家畜性=中国人"。用公式来概括人物的特点，在我们写人物的时候也可以借鉴。

你可以抓住人物独有的特点，试着用一两个词概括出来。你还可以和你的同学来玩猜一猜的游戏，比如，你说你们班"某个同学=长得高+学霸"，大家一下子就能猜出来这个人是谁的话，就说明你观察人物很到位。

《聪明人和傻子和奴才》：
我们要做清醒、实干的人

这一讲，我们要讲的《聪明人和傻子和奴才》，是一首短短的散文诗。散文诗这种体裁，同时具备诗和散文的特点，能够通过诗化的语言、自由灵活的形式，表达出作者的思想。

知道了什么是散文诗，我们再来看看这篇文章的题目。从题目我们就能知道，文章写了三种人——聪明人、傻子和奴才。奴才受到主人的欺负，心中不快，想找人诉苦。他先后遇到了一个聪明人和一个傻子。

我想先请你猜一猜，聪明人和傻子，谁能真正帮助奴才呢？把你的答案先放在心里，我们一起来看看鲁迅先生是怎么写的。

"奴才总不过是寻人诉苦。"他先遇到了聪明人，于是就向聪明人诉苦："我所过的简直不是人的生活！吃的是一天未必有一餐，这一餐又不过是高粱皮，连猪狗都不要吃的，尚且只有一小碗……"听听这悲惨的倾诉，多么令人同情。果然，聪明人对奴才说："这实在令人同情。"

听到这句话，奴才居然高兴起来，他开始滔滔不绝地接着诉苦，比如，干活昼夜无休，却没有什么工钱，有时还得挨皮鞭。

按理说，聪明人主意多，应该能帮奴才解决问题吧，可是，聪明人听了奴才的话，居然只是叹息。他安慰奴才说："我想，你总会好起来……"而奴才呢，他也并没有恳求聪明人帮自己想想办法，因为得到了聪明人的同情和安慰，奴才就已经感觉很舒坦了。

在这里，我们不妨停下来想一想：奴才感觉舒坦了，但是他的生活有任何改变吗？其实没有。奴才想做的，并不是改变自己的生活，而只是把自己的苦讲出来，博取同情。有一句话是这么说的：你永远也不能叫醒一个装睡的人。奴才就是"装睡的人"，他只是抱怨生活不公，却没有做出任何努力去改变现状。

咱们再想想这个聪明人，难道他真的没有办法帮助

《聪明人和傻子和奴才》：
我们要做清醒、实干的人

奴才吗？如果连个办法都想不出来，那为什么鲁迅还叫他"聪明人"呢？这里我们先卖一个小小的关子，等讲完奴才和傻子的故事，再来揭晓答案。

接下来，奴才遇到了一个傻子。他又向傻子诉苦，说他住的地方不如猪圈，主人不把他当人看，待遇还不如主人养的一只狗。本来，奴才也想从傻子那里寻求一些安慰，没想到傻子居然破口大骂"混账"。这句"混账"，骂的当然是奴才的主人了，因为傻子知道是主人欺负奴才，让奴才过着连猪狗都不如的日子。

咦？这个傻子好像一点儿都不傻啊，他分得清楚正邪黑白，还知道为受压迫的奴才打抱不平。奴才说自己住的地方四面连个窗户都没有，傻子一听，就要求去看看。来到奴才的住处，傻子居然直接动手，帮奴才在墙上砸开了一个洞当作窗户。

这个时候，有意思的事情发生了。奴才看到傻子动手帮助自己，非但不感动，居然还喊了起来："来人呀，强盗在毁咱们的屋子了。"奴才在地上团团打滚，哭着叫嚷，直到其他奴才赶来把傻子轰走为止。奴才觉得自己非常有功，他向主人邀功，说是自己先叫喊起来的，并因此得到了主人的夸奖。

这不是农夫与蛇的故事吗？傻子帮助奴才，奴才却恩将仇报。你先别急着愤愤不平，故事到这里还没结束呢。奴才获得了主人的夸奖之后，我们的聪明人又出现了。这一次，他是来慰问奴才的，他和奴才一样，都觉得得到主人的夸奖就代表奴才的境遇变好了。

不知道你有没有忍不住笑出声来，我们还记得，当初奴才是多么可怜兮兮地哭诉自己生活的穷困，可是到头来主人的一句夸赞就让奴才得意忘形了。

奴才的生活改变了吗？并没有。从这里，我们就可以理解文章的第一句话为什么是"奴才总不过是寻人诉苦"。为什么总诉苦呢？因为他根本就没有想要改变自己的生活，他已经习惯了被奴役的生活，主人的认可就是他最大的幸福。奴才想要的，只是向人诉苦，并且得到别人的同情和安慰。

因此，当聪明人表达了对奴才的同情之后，他就获得了奴才的认可，而当傻子用行动帮助奴才的时候，傻

《聪明人和傻子和奴才》：
我们要做清醒、实干的人

子却遭到了奴才的反对。

在前面，我们还留了一个小问题：既然这篇文章中的聪明人并没有帮奴才解决问题，而傻子既能分清是非黑白，还很有行动力，显然并不傻，那么，作者为什么还要这么称呼他们呢？

原因其实很简单，因为奴才只是希望诉苦，聪明人看透了并且顺应了奴才的需求，可是傻子没有看穿这一点。

仔细想来，这里的聪明人好像并不是什么好人，聪明人就像是社会当中的伪君子，也可以说是统治者的帮凶。因为不管社会什么样子，他们都一味地给人灌鸡汤，一味地说未来会更好。

而傻子呢？傻子虽然嫉恶如仇，但又很莽撞。傻子就像是社会上那种强调实干的人，但他这个实干一点也不讲究技巧。他一心只凭自己的判断做事，根本没看出奴才真正的心思。所以说他傻。

这里面的讽刺意味，不知道你体会到了没有？

咱们再往深里想一想，奴才、聪明人、傻子这三类人，都屈从于主子。奴才被主子奴役，这不用多说。而聪明人在精神上是受主子控制的。聪明人为什么要说聪明话？因为他知道他说了聪明话，就不会受到主子的伤害。同时，傻子是能够轻而易举地被主子赶走的，而且奴才和聪明人往往会成为主子的帮凶。

那么，奴才、聪明人、傻子这三类人，我们更愿意做哪一类呢？聪明人是压迫者的帮凶，我们肯定不能做这样的伪君子。当然了，我们也不愿意做奴才和傻子，那我们做什么呢？我们要做清醒的人，做实干的人。

所以说，《聪明人和傻子和奴才》这首散文诗是很有意思的。读完以后，你可以有一种生活的代入。你真的能进入到这个小故事当中，然后联系自己的生活。可以说，我们每个人都能在自己的生活中找到"聪明人""傻子"和"奴才"。能够在自己的生活中找到对应，这样才算真正看懂了鲁迅的这篇文章。

《聪明人和傻子和奴才》：
我们要做清醒、实干的人

◎创作锦囊

语言描写

读完了《聪明人和傻子和奴才》这篇文章，相信你一定会对这三个人物形象产生深刻的印象。鲁迅对人物的刻画能够做到入木三分，主要是因为用了一个很重要的写作方法——语言描写。

语言描写要能体现人物的特点。比如文章中的奴才，他的话就比较长，啰啰嗦嗦的，他的语言里涉及很多的生活细节，像是"这一餐又不过是高粱皮""晴洗衣裳雨张伞"，这样的啰嗦体现了奴才渴望倾诉，渴望向人倒苦水的特点。聪明人的话是不连贯的，顾左右而言他。聪明人说一切都会好起来，语言空洞苍白，听上去挺美，实际毫无意义。而傻子呢？他的短句是最多的。"混账""你带我去看看"，这些短句体现了傻子能够痛快利落地表达想法，然后毫不犹豫地去行动，但是，也有些莽撞。

你在写作文的时候，如果要写一个急性子，那他的语言特点可能就是说话很着急，语气很强烈；如果要写自恋型的人，那他就应该不断地说自己有多好，语言里洋溢着得意。再比如，你要写一个人是行动派，那么不管发生一点什么事儿，他可能都会喊"快去""我来"等。所以说，人物的性格，用语言描写，通过描写他说的话就能表现出来。

《求乞者》：鲁迅的寂寞与孤独

这一讲，我来给你讲讲鲁迅先生的一首散文诗《求乞者》。求乞者，就是乞讨的人。这篇散文诗篇幅很短，还不到500字，但它曾经被当成北京大学自主招生的阅读题目。

下面咱们就一起来读一读这首散文诗。

"我顺着剥落的高墙走路，踏着松的灰土。另外有几个人，各自走路。微风起来，露在墙头的高树的枝条带着还未干枯的叶子在我头上摇动。微风起来，四面都是灰土。"

我们先来看这段话里的环境描写，这个环境最大的特点就是有灰土。事实上，不光是开头的这一段，整首散文诗里面，"灰土"都是贯穿始终的。开头是灰土，结尾也是灰土。鲁迅先生还用了很多省略号，省略号是很多的小点，这些点不也是灰土吗？因此，这篇散文诗也弥漫着一种苍茫的、浑浊的感觉，用灰土表现出了这个社会的灰暗和污浊。

除了灰尘，在这个开篇，还有一些值得我们关注的内容。比如"我顺着剥落的高墙走路"，"高墙"就是阻隔，它象征着一个充满隔膜、充满限制的世界。还有"另外有几个人，各自走路"，"各自走路"代表着什么呢？代表这些人是冷漠的、不交流的。

后来，"微风起来"了，"微风"代表着社会上出现了一些特殊的事件。哪怕它们只是微小的事件，但也造成了一些影响：还未干枯的叶子在头上摇动。未干枯的叶子，是绿色的，象征着希望。但是，它是还未干枯的叶子，还未干枯的意思是终将干枯，代表着希望会慢慢失去。所以，微风起来了，灰土又被扬起来了。

总之，开头这几句话，描写了当时的社会环境，肮脏浑浊，没有太多的希望，人与人之间的隔阂越来越严重，社会越来越冷漠。

接下来，我们再来说说这篇文章的结构层次。从开篇往后，文章可以分为三个部分。

《求乞者》：鲁迅的寂寞与孤独

第一部分，鲁迅写了一个乞讨的孩子。

"一个孩子向我求乞，也穿着夹衣，也不见得悲戚，而拦着磕头，追着哀呼。"

这个孩子"也穿着"夹衣，这个"也"是跟谁比的呢？是跟文中的"我"呀。"我"穿着夹衣，这个孩子也穿着夹衣。言下之意，他的境况跟"我"是差不多的，根本用不着乞讨。但是，这个孩子"拦着磕头，追着哀呼"，已经放弃了他的尊严，是在向命运乞怜和哀呼。

所以，文中写道："我厌恶他的声调，态度。我憎恶他并不悲哀，近于儿戏；我烦厌他这追着哀呼。"鲁迅先生用了"厌恶""憎恶"和"烦厌"这三个词，因为求乞者不仅放弃了自己的尊严，而且对待人生并不认真。不是"我"冷漠、没有同情心，而是"我"不喜欢这样的人生态度。

所以，文章继续写道："我走路。另外有几个人各自走路。微风起来，四面都是灰土。"

这时候，就进入到了文章的第二部分。又来了一个求乞的孩子，也穿着夹衣，也不见得悲戚。这和第一部分的内容是差不多的，但是，越是相似，我们就越要努力地去寻找它不一样的地方。不一样的地方在哪儿呢？这个求乞的孩子是哑的，他"摊开手，装着手势"。也就是说，他很可能不是真的哑，而是装出来的。

求乞者从这里就开始进入到瞒和骗了，不但丧失尊严、游戏人生，还开始用瞒骗、用不正当的方法来获得自己想要的东西，求乞者在背离人性的路上越走越远了。

通过这两段看似相近的内容，鲁迅先生反复咏叹说，每个人的生命中都可能遇到这种卑躬屈膝的、有奴隶性的人。这些人制造出虚假的信息，不想办法追求、创造自己的生活，而是用"乞讨"这种不劳而获、丧失尊严的途径，向生活跪地求饶。

面对他们，我们该不该有善心？如果我们有善心，我们的善心被人利用了怎么办呢？我们从这里也可以看到鲁迅的人生观。他对这种用求乞的方式对待人生的态度，不仅厌烦，而且憎恶。求乞者越过分，鲁迅的态度也就越强硬，这就是所谓的"哀其不幸，怒其不争"。

所以，鲁迅写道："我不布施，我无布施心，我但居

《求乞者》：
鲁迅的寂寞与孤独

布施者之上，给与烦腻，疑心，憎恶。""我无布施心"，就是说我们的善良不能被这样的人所利用。

然后就到了第三部分，"我"也要求乞。

"我想着我将用什么方法求乞：发声，用怎样声调？装哑，用怎样手势？……另外有几个人各自走路。我将得不到布施，得不到布施心；我将得到自居于布施之上者的烦腻，疑心，憎恶。"

为什么"我"也要求乞呢？这一段的意思是说，在这个社会当中，为了干成一些事情，"我"也是需要从别人那里取得支持的。那么，"我"会不会也和这些求乞者一样呢？如果这样做，"我"自己都没有了做人的底线，"我"都会厌烦"我"自己。

鲁迅在看别人的问题的时候，总是在反思自己的人生态度，确定自己的人生方向，这也是鲁迅先生特别让人敬佩的地方。

他最后说："我将用无所为和沉默求乞……我至少将得到虚无。"这句话的意思是说，"我"现在已经成了散兵游勇，没有人在"我"身边。如果"我"什么都不做，那就没有人来帮助"我"，"我"就是孤独的。这里体现出了鲁迅先生在社会上孤立无援的境地。无所为和沉默之后，他能得到的，只是虚无。读到这里，我想到了鲁迅先生写的《彷徨》，里面有一首诗，写道"寂寞新文苑，平安旧战场"。《呐喊》自序里也说，寂寞像一条毒蛇一样围着他。鲁迅的这种寂寞，是因为什么都做不了。身边的人，要么像奴才一样跪下来了，要么就是冷漠地前行，只有鲁迅一个人在思考。

鲁迅不做同情求乞者的人，也不做乞讨的人，即使没人懂他，他也要孤独地走下去，做一个顶天立地的人，做一个孤独的战士。

这首散文诗里，虽然充满了失望，结尾也是"虚无"，虚无是什么都没有的，但这也意味着什么都有可能有。

《求乞者》：
鲁迅的寂寞与孤独

○创作锦囊
象征手法

　　看完了《求乞者》这篇散文诗，我来给你讲一种写作方法——象征手法。

　　象征手法，就是根据事物之间的联系，借助具体的形象，来表现抽象的概念、思想和情感，让抽象的概念变得容易感知，从而赋予文章深意，给读者留下咀嚼回味的余地。

　　我举个简单的例子吧。比如奥运五环，五种颜色的选择就有象征意义，它们与旗帜的白底组合，代表了当时世界上所有国家的国旗的颜色。五环相互套接在一起，就象征着五大洲各个国家的团结。

　　你在写作中，也可以运用这种象征手法。比如，当你想说一位老人慈祥温暖，你就可以用"康乃馨"来象征这位老人。

《论睁了眼看》：
在小事中一点一点觉醒

这一讲，我们来讲鲁迅先生的一篇杂文——《论睁了眼看》。

"睁眼看"这件事，是我们每天要做的第一件事。一个小孩一生下来就要睁眼看看爸爸妈妈，看看这个世界。那么，鲁迅为什么要特地写一篇关于"睁眼看"的论述文章呢？

因为这里的"睁眼看"是有象征意义的，它象征着人们能够正视我们的社会，能够正视自己的生活，敢于直面各种各样的问题。与之相反的"闭眼不看"，就代表了对问题的逃避、忽略，甚至是刻意地粉饰太平、自欺欺人，假装问题并不存在。

知道了"睁眼看"的象征意义，我们就来看看鲁迅先生是怎么论述的。

文章的开头，鲁迅引用了一个时事评论的题目，叫作"我们应该有正眼看各方面的勇气"。这篇时事评论的作者是位北大教授，他说，不幸的是中国人就缺乏这种正视问题的勇气。那么这个题目就引起了鲁迅先生对"国民性"的再度思考，而思考的角度，集中在了中国文人的身上。

鲁迅说，中国的文人，对于人生、对于社会现象，缺乏正视的勇气。为什么呢？因为文人从小就读圣贤书，听圣贤说什么"非礼勿视"，就是不符合礼数、不符合规矩的东西就不能看。所以文人们缺乏勇气，没有人敢站出来质疑那些礼教和规矩，这就是"不睁眼看"的表现。

为什么会变成这样呢？一开始是因为大家都"不敢看"，看到自己无力解决的事情，就选择了不面对，选择了逃避。而逃避久了，就形成了习惯，进而渐渐麻木，失去了看的能力，这就是"不能看"。

接下来，鲁迅说，我们总会尽量逃避，不去看生活中那些让人苦恼的事。但是，不看会造成什么后果呢？就是"无问题，无缺陷，无不平，也就无解决，无改革，无反抗"。我们无法发现问题，当然也就无法解决问题。

《论睁了眼看》：
在小事中一点一点觉醒

这就像把一个生活条件优越的老太爷放到夏天的烈日下，把一个不出闺门的千金小姐带到黑夜的旷野里，那他们的反应八成就是，闭着眼睛，假装自己还在原来优越的环境里。鲁迅先生说，中国文人更是如此，"万事闭眼睛"。他们有两个招数：瞒和骗。这些文人写的许多文章都在努力地粉饰太平，遮蔽历史和现实的黑暗与真相，甚至把悲剧涂抹成大团圆的喜剧。这些作品麻痹了读者的神经，让人看不到苦难，大家就会理所当然地认为，这个世界是和和美美、圆圆满满的。

为了说明这个问题，鲁迅先生接着举了几个例子。

第一个例子是旧中国的婚姻制度。以前小说家们写才子佳人的故事，总是绕不开父母之命、媒妁之言的阻碍，但他们并不像莎士比亚写《罗密欧与朱丽叶》一样，把美丽的爱情摔碎给人看，从而引起人们对包办婚姻的不满，相反，他们为这种包办婚姻找到了一个合理的解释，就是"奉旨成婚"，说男主人公中了状元，皇帝非常欣赏，于是就为他赐婚。这样一来，大家就会觉得中了状元多好啊，没有人再去关注包办婚姻的问题了。包办婚姻的弊病，就这样被打着哈哈掩盖过去了。

第二个例子是《红楼梦》的续写。曹雪芹的《红楼梦》只写了80回。本来，曹雪芹是作为一个没落的封建大家庭的子弟，在反思自己家庭出现的问题，这些问题跟封建制度也是有直接关系的。但高鹗在续写的时候，并没有让各个人物都走向命定的悲剧。在高鹗续写的版本里，贾氏家业振兴，贾宝玉出家之后，还成了一个有钱的和尚。还有一些其他的版本，也都把故事变成了和和美美的结局。鲁迅认为，这是"自欺欺人的瘾太大"。这样美好的结局，冲淡了残酷现实给人带来的触动，让我们忘记了对生活苦痛的思考，忘记了和命运作斗争。

第三个例子是"作善降祥"，简单说就是好人一定有好报。中国古代小说里总是有这样的故事，孝子、贤妻为家人牺牲后，不仅一家人的灾难全都消失了，主人公自己最后也平平安安、受人爱戴。人们看到的是遵行封建礼教会带来非常好的结果。这当然不是历史的真相，历史上那些真实的骨肉分离、妻离子散的故事都被瞒了起来。而那些实在没办法掩盖的事实，比如关羽、岳飞

《论睁了眼看》：
在小事中一点一点觉醒

被杀，这瞒不过去的，就只能骗，骗人们说这是他们的命，是没有办法改变的。

在历史上，闭上眼睛的人往往是大多数。鲁迅先生一连举了这么多的例子，充分地说明了不睁开眼睛看的危害。

接下来，就到了这篇文章的点睛之笔："文艺是国民精神所发的火光，同时也是引导国民精神的前途的灯火。"从这句话我们可以看出，鲁迅认为，文艺作品最能体现国民精神，要想让人们认识到当时世界的灰暗、人性的黑暗，文人、作家就要发挥作用。

怎么发挥作用呢？鲁迅说："世界日日改变，我们的作家取下假面，真诚地，深入地，大胆地看取人生并且写出他的血和肉来的时候早到了；早就应该有一片崭新的文场，早就应该有几个凶猛的闯将！"

鲁迅自己就是这样做的，他揭露社会现实毫不留情，他也呼吁作家应该多一些思考，多做一些实事，大声地呐喊，就像《〈呐喊〉自序》里写的在铁屋子里呐喊的人一样。如果没有这样的人去呐喊，那么我们就不会有新的文艺，中国也就不会成为一个新的国家。

所以，什么是真正的"睁了眼看"呢？就是我们要看到国家的发展，看到民族精神的建立，我们要在点点滴滴的小事当中，一点一点地觉醒，睁开眼睛看这个世界。具体怎么做？我们可以先从认清社会的真相，发表自己的言论，点评这个世界做起。

我们一定要记住，揭露出世界的丑恶，是为了建设一个更好的世界。要睁开眼看到问题，然后勇敢地解决问题。在这一点上，鲁迅希望中国的文人、作家和他一起做开路的先锋。

《论睁了眼看》：
在小事中一点一点觉醒

博例法 ◎ 创作锦囊

读完了《论睁了眼看》，我来教你一个在议论文中经常用到的写作方法——博例法。

"博例"是我自己造的一个词，它是举例论证的进阶版，即连续举出很多的例子，充分地用事实说话。

在《论睁了眼看》这篇文章里，鲁迅要讲中国的文人和文学作品，他就举了小说中的才子佳人的故事、《红楼梦》，还有历史文学作品的例子。连续的举例，能够让人看到问题的严重性。这些例子又在一个中心论点的统领之下，所以说服力很强。

你在写作时，怎样才能用好这种方法呢？比如，你的观点是"劳动很重要"，那你就可以用大量的例子来论证这个观点。你可以从古代的"一屋不扫何以扫天下"的读书人，写到现代的全国劳动模范人物。你还可以写有人借劳动来改变别人对自己的印象，来培养自己持之以恒的习惯，来坚定自己的信念、理想，来锻炼自己的能力，等等。你可以从不同的方面举出例子，充分论证你的观点。

《"友邦惊诧"论》：
层层拆解，有力批驳

这一讲，我们来讲《"友邦惊诧"论》，这是一篇驳论文。所谓驳论，就是批驳已有的观点。所以，要读懂这篇文章，我们就得先知道鲁迅先生在批驳的是什么样的观点。

文章的第一段介绍了写作背景，点出了鲁迅先生想要批驳的对象。这篇文章写在"一二·九"运动发生之后。"一二·九"运动，你可能听说过，这是发生在1935年12月9日的一次学生运动。

当时，日本侵略者占领了中国的华北地区，想要把华北地区从中国分离出去。而国民政府居然答应了这个丧权辱国的要求，这就引起了华北人民极大的愤怒。北京各大高校的学生们率先走上街头，举行示威游行，反对华北自治。

政府先是劝学生回去安心读书，后来竟然下令军警镇压、枪杀学生。不仅如此，国民政府还在电文中给学生扣上了一连串的罪名，说他们"捣毁机关，阻断交通，殴伤中委，拦劫汽车，攒击路人及公务人员，私逮刑讯"。然后，为了给自己的镇压行动洗白，他们还说什么"友邦人士，莫名惊诧，长此以往，国将不国"。意思就是，外国友邦，也就是美、英、法三国，对学生的行为感到诧异，认为如果这种情况持续下去，中国将面临危机。

虚伪的国民政府是在给自己找外援啊，想要塑造出一种世界各国都支持自己的假象来蛊惑民众。但是，总有一些像鲁迅先生这样理智的坚定的爱国人士，看清了事实真相。所以，鲁迅先生的这篇《"友邦惊诧"论》反驳的就是国民政府的这段话。鲁迅先生首先进行了正面反驳，他说："只要略有知觉的人就都知道：这回学生的请愿，是因为日本占据了辽吉，南京政府束手无策，单会去哀求国联（国联，也就是国际联盟)，而国联却正和日本是一伙。"国联和国民政府，他们应该比普通人更清楚日本对中国的侵略，怎么还是非不分，帮着日本侵略

《"友邦惊诧"论》：层层拆解，有力批驳

者说话呢？答案只有一个，他们这是故意坐视不管，渴望从中获利。用鲁迅先生的话说，他们是和日本一伙儿的。所以，这些人说中国将要面临危机——"国将不国"，只是他们不作为的借口！

接下来，鲁迅又驳斥了"友邦人士，莫名惊诧"。他先说："好个'友邦人士'！"这是一句反语，实际上是在说，这些友邦人士真是坏透了。第一，日军的强占，他们不惊诧；第二，日军的暴行，他们不惊诧；第三，国民党政府的黑暗统治，他们不惊诧。该做的事情，他们不做，而面对学生的爱国行动，却要表示惊诧。所以鲁迅感叹说："好个国民党政府的'友邦人士'！是些什么东西！"国民党政府的"友邦人士"，就是说英美国家都是帮着国民党政府说话的，他们看起来是在帮忙，实际上是不怀好意、另有目的的。"是些什么东西！"表达了鲁迅对他们的不屑和愤怒。

鲁迅先生说："就算你们说的学生的暴行是真的，那枪杀学生、武力镇压的做法就是对的吗？就能够维护国家的正常发展吗？不，这只是在维护你们自己的统治秩序。你们这些'友邦人士'，发现中国的发展没有在你们的控制之下，你们就发表不同的意见，摆出一副惊诧的脸孔。"在这里，鲁迅直接点出了"友邦人士"惊诧的真正原因，进一步揭露了他们的虚伪。

既然已经说了是国民党政府的"友邦人士"，那就接着说说国民党政府吧。"友邦人士"一惊诧，国民党政府就怕了，说什么"长此以往，国将不国"。这里的第一个"国"，指的就是国民党政府，所谓"党国"嘛。鲁迅说："失去了东三省，领土不完整了，你还像一个国家吗？政府面对侵略不声不响，只有几个学生发声，你还像一个国家吗？涉及国家命运的大问题，你们国民党政府选择了回避。你们只知道欺负、镇压学生来博得'友邦人士'的夸奖，这样算什么国家！"

对"友邦人士，莫名惊诧，长此以往，国将不国"进行了批驳之后，鲁迅有个总结。我们已经看到了"友邦"欺骗的本质，看到了国民党政府的虚伪。这些人要的就是人民的屈从，还要毫无声响。一旦人民有了自己的思考，发出了声音，他们就急了，他们就要"通电各

《"友邦惊诧"论》：
层层拆解，有力批驳

地军政当局"，联手去压迫学生，阻挡学生的爱国行动。

接下来一段，鲁迅模拟了英美当局和国民党政府之间的对话。英美当局说："学生怎么会无法劝阻？你们是一定可以挡住学生的。我们给你们赞助，给你们军费是干什么用的？不就是用来镇压群众，阻止学生的爱国行为吗？"鲁迅先生用这段话，揭露出了国民党政府和英美当局的关系，实质上是内外勾结的奴才和主人：国民党政府是摇尾乞怜、卑微的奴才，英美当局是咄咄逼人、高高在上的主人。

最后，鲁迅附上了《申报》上登载的电文。从这篇电文中我们可以看出，游行当日的学生死伤状况是比较严重的，而且他们只是合理地为自己发声，根本没有扰乱社会秩序。

驳论 ◎创作锦囊

读完了《"友邦惊诧"论》这篇文章，相信你一定被鲁迅先生犀利的文笔和缜密的论证震撼到了。那么，接下来，我就给你讲讲驳论文的写作方法。

驳论，不仅可以针对一个论点进行反驳，你也可以反驳论据、反驳论证过程。

在这篇《"友邦惊诧"论》里，鲁迅反驳的是论点，他是把"友邦人士，莫名惊诧，长此以往，国将不国"这个论点拆成了一个一个的词组，一一进行了反驳。这样，这个论点就土崩瓦解了。

举个例子来说。比如，有人说吃水果不利于身体健康。你可以从正面进行反驳，说吃水果是有利于健康的。同时，你还可以从反面反驳：吃水果不利于身体健康，那吃什么有利于身体健康？难道吃汉堡、薯条，喝碳酸饮料就有利于身体健康了？

除了从逻辑上反驳，你还可以拿出更有力的事实证据。比如，你可以找到科普杂志上的文章，表明水果可以补充多种维生素，有益身体健康；你也可以找到专业营养师的建议，说明人每天合理地摄入水果，能够保持膳食均衡。这样写，你的驳论就会更充实，可信度也更高。

《中国人失掉自信力了吗》:
有中国脊梁在,我们就没有失掉自信力

这一讲，我们要读的这篇文章，叫作《中国人失掉自信力了吗》。这标题一看就是议论文。鲁迅在这篇议论文中想要表达的观点，其实就是题目中这个问题的答案——中国人没有失掉自信力。

我们先来了解一下文章的写作背景。

这篇文章写于1934年，是在"九一八"事变发生的三年之后。1931年的"九一八"事变后，日本开始了对中国的侵略，而当时的国民党政府采取的是不抵抗政策，这种做法让国人非常失望。国民党政府为了推卸自己的责任，在报纸上发表文章，指责中华民族失去了自信力，所以不抵抗并不是国民党政府的错。鲁迅先生感到十分愤慨，于是挥笔写下了这篇文章，来反驳"中国人失掉自信力了"这个观点。

《中国人失掉自信力了吗》：
有中国脊梁在，我们就没有失掉自信力

接下来，我们就来看一看，鲁迅是如何反驳的。

首先，我们需要搞清楚文章中涉及的三个概念——"他信力""自欺力"和"自信力"。

"他信力"，也就是相信他人。鲁迅先生认为，两年以前，我们总是夸自己"地大物博"，信"地"、信"物"，觉得这宽广的土地和丰富的物产可以让我们在世界上占有优势。后来因为被侵略了，我们才发现这些东西信不过，于是就转而去信了国联。"国联"是"国际联盟"的简称，是当时的一个国际组织，是负责平息战争、制裁侵略者的。当时的国人希望国联能制止日本的侵略。之前信"地"、信"物"，后来信国联，总之就是不相信自己，这就是鲁迅先生所说的"他信力"。

现在，国人不夸自己了，也不信国联了，改成一味地求神拜佛了，鲁迅先生称这是"自欺力"。为什么叫"自欺力"呢？因为神佛本是虚无缥缈的东西，在现实生活中并不存在，国人只不过是在用这些玄幻的东西麻痹自己罢了。我们知道，有一个成语，叫作"自欺欺人"，就是用自己都不信的东西来欺骗别人。因此，鲁迅先生把这种自我麻醉叫作"自欺力"。

之前是"他信力"，现在是"自欺力"，有人就由此得出了这样的观点："中国人失掉了自信力"。但是，鲁迅先生指出，这样的推导是错误的。为什么是错误的呢？我们可以打一个比方，逛超市的时候，如果我们看到超市里有苹果和桃子，那么我们就能推论出超市里没有其他水果了吗？当然不能，可能只是我们没有看到其他水果而已。在这里也是同样的道理，我们不能因为存在着"他信力"和"自欺力"，就认为中国人失掉了"自信力"。

这种反驳的方法，是直接反驳，用正确的事实推导出错误的结论，从而证明对方的观点是错的。那么接下来，鲁迅先生就要论证自己的观点了。

中国人是不是真的失掉了"自信力"呢？鲁迅先生的观点是，在"自欺力"的笼罩之下，"我们有并不失掉自信力的中国人在"，这也是这篇议论文的核心论点。

文中有一段十分经典的话，是这样写的："我们从古以来，就有埋头苦干的人，有拼命硬干的人，有为民请命

《中国人失掉自信力了吗》：
有中国脊梁在，我们就没有失掉自信力

的人，有舍身求法的人，……虽是等于为帝王将相作家谱的所谓'正史'，也往往掩不住他们的光耀，这就是中国的脊梁。"这段话特别好，我建议你反复朗读，最好能背下来。

那么，这段话是什么意思呢？埋头苦干的人，就是那些为了国家利益而投身一项事业，并为之终身奋斗的人，比如我们的宇航员杨利伟；拼命硬干的人，也就是那些反对封建剥削和外来侵略者的革命志士、民族英雄，比如明代的戚继光、抗日战争中保家卫国的战士等；为民请命的人，也就是为百姓疾苦鸣不平的人，比如鲁迅先生；而舍身求法的人，也就是不顾自身安危，也要探求真理的人，比如《西游记》中唐僧的原型玄奘，还有民国时期的李大钊等。这些人就是中国的脊梁。有这些脊梁在，我们就能站得直、走得正。

接下来，鲁迅写到当时的社会上也有很多人是这样的民族脊梁。他们有什么样的特点呢？第一，他们的人数并不少。第二，他们"有确信，不自欺"，就是实事求是，相信自己，不欺骗自己。这些人有的是自信力，他们在前仆后继地战斗，想要凭借自己的努力创造光明的未来。第三，他们的处境并不好，总是被摧残、被抹杀、被消灭于黑暗中，因此不被大家知晓。我们如果联系一下当时的时代背景，就能明白，其实鲁迅说的，就是中国共产党及其领导的革命力量。因为当时共产党不被国民党政府承认，只能进行地下斗争。

所以鲁迅先生在结尾的地方强调说，要想知道中国人有没有"自信力"，不能去看状元宰相的文章，要自己去看地底下。

这个"地底下"，我觉得有两个意思：一个是地底下埋藏的历史，就是说我们要在历史当中去找自信力，去找能够让我们感觉到民族力量的人或者事；另外一个意思，就是我们不要看那些高高在上的人，我们要去看那些普通的像泥土一样奉献和付出的老百姓，他们才代表了中国人的精神力量，只要有他们在，我们中国人就不会失掉"自信力"。

我们还是要相信我们国家的强大，相信人民的力量，只要大家团结起来，我们是可以战胜眼前的困难的。

**《中国人失掉自信力了吗》：
有中国脊梁在，我们就没有失掉自信力**

　　我们来总结一下这篇议论文。它的整体结构可以说是先破后立，也就是先直接驳斥对方的错误观点，指出因为失掉"他信力"和"自欺力"，就认为中国人失掉了"自信力"，这种推导方式是错误的；紧接着是立论，通过举例论证的方式，用从古至今的中国脊梁来论证了"中国人没有失掉自信力"这个观点。

先破后立

◎创作锦囊

读完这篇《中国人失掉自信力了吗》，我来给你讲一个写议论文的方法——先破后立。

准确地说，这里的"破"，是先把旧的、不正确的概念否定掉。鲁迅先生是怎么破的呢？他首先做的是厘清概念。文章先讲了什么叫"他信力"，什么叫"自欺力"，然后讲失掉"他信力"和"自欺力"，就认为中国人失掉了"自信力"这个推导方式是错误的，这就是破。

接下来就该"立"了，就是要发表自己的观点，把观点立住。鲁迅说"我们有并不失掉自信力的中国人在"，就是立论。

我们在讨论问题或者写议论文的时候，也可以采用先破后立的写法。破，是一个扫清障碍的过程，你不要奔着你的论点直接就去了，在这之前，要先把障碍扫清了。比如，你想谈学习的同时也要适度地放松，那就要先厘清"放松"的概念，可以说放松不是放纵，放纵是对自己的不良欲望不加节制，容易在享受中迷失自我；放松也不是松懈，因为松懈是意志与精神的放任和放弃。然后再说，放松就是适度的调节，能够让人在适当的休息之后，有更旺盛的精力投入到自己的学习中去。这样，借破，也能把立的概念说得更清晰、更严谨。

这种先破后立的写法，有时候，比直接立论的效果更好。

《论雷峰塔的倒掉》：以传说故事讽喻时事

这一讲，我们要读的这篇文章，叫作《论雷峰塔的倒掉》。雷峰塔，你可能听说过，它是杭州西湖的一个重要景点。不过，我们现在看到的这座塔是经过重新修建的。在20世纪20年代，也就是鲁迅生活的那个年代，雷峰塔曾经倒塌过一次。而这篇文章，就是鲁迅先生在看了雷峰塔倒掉的新闻之后创作的。

鲁迅先生在文章里讲到了《白蛇传》的故事。故事的主人公白娘子是修炼成了人形的白蛇，她和药铺学徒许仙相爱了。白娘子不顾神仙的条例，而许仙也冲破了人间的"父母之命、媒妁之言"的束缚，他俩结为夫妻，过上了幸福的生活。

可是，突然来了一个叫法海的和尚，他一看这个白娘子是蛇妖，就千方百计地想要除掉白娘子，最终把她

《论雷峰塔的倒掉》：
以传说故事讽喻时事

镇压在了雷峰塔下。

所以，在鲁迅先生的文章里，雷峰塔是有象征意义的。白娘子和许仙是自由恋爱、自由婚姻，象征着人性的解放；而雷峰塔，则象征着镇压人性解放的封建制度、封建传统。

雷峰塔的倒掉，当然也有它的象征意义，它象征着挣脱封建传统的束缚以及封建制度的土崩瓦解。

接下来，我们就具体来看看这篇文章。

文章的一开头，鲁迅先生说，听说雷峰塔倒了，只是听说，不是亲眼所见。但是他见过没有倒的雷峰塔，"破破烂烂的映掩于湖光山色之间"。接下来，鲁迅又说，"我"知道这个地方是"西湖十景"之一，虽然见过，但并不觉得特别好。从这些话里，我们能看出，鲁迅先生对雷峰塔的印象不怎么好。

接下来，鲁迅详细地讲了《白蛇传》的故事。故事的一开始，许仙救了两条差点被人杀掉的蛇：一条是白蛇，就是我们说的白娘子；另一条是青蛇，就是白娘子的妹妹小青。后来，两条蛇化成人形，来找救命恩人许仙报恩。你看，她们知恩图报，并不是害人的妖精。

然后，鲁迅又讲到了"水漫金山"这件事。怎么回事呢？白娘子和许仙成婚之后，有一天，和尚法海见到许仙，觉得他面带妖气，就把他带到金山寺关了起来。白娘子带着小青去找法海要人，法海拒不交出许仙，白娘子无奈之下只好与法海斗法。她施了法术，大水就把金山寺给淹没了。

鲁迅讲这件事是要说什么呢？他是要说，白娘子并不是想伤害法海，她只是为了救她的丈夫，这是一种逼不得已的、正义的行为。可是，最后她却被镇压在了雷峰塔下。

所以，鲁迅说，"我"小时候唯一的希望就是这座雷峰塔倒掉。你看，如果鲁迅不讲故事，直接说他希望雷峰塔倒掉，那我们读者可能会觉得莫名其妙。但讲了这个故事之后，我们就能明白好人受到了伤害，而雷峰塔倒，就意味着好人被救出来了，坏人受到了惩罚。

说完《白蛇传》的故事，鲁迅回到现实，他说他见到这破破烂烂的塔，心里就不舒服，就算里面没有镇压

《论雷峰塔的倒掉》：
以传说故事讽喻时事

着白娘子，他仍然希望它倒掉。现在看新闻，雷峰塔居然真的倒掉了，不仅他高兴，普天之下的人民都特别欣喜。大家都希望雷峰塔倒掉，这是为什么呢？鲁迅说，去探听一下民意就知道了，不管是农民、老人、妇女，除了脑子不正常的人，每个人都在为白娘子抱不平，雷峰塔倒掉是老百姓的民意。这里的"脑子不正常的人"，是在讽刺那些屈从于封建统治，想要限制人性的人。

你看，大家都觉得白娘子无辜，是法海在多管闲事——你一个和尚，本来自己念经就行了，人家许仙娶白娘子，跟你有什么相干呢？鲁迅说，大概法海是怀着嫉妒的心吧。

接下来文章写道，连玉皇大帝都觉得法海多管闲事。

你看，从"我"希望雷峰塔倒掉到"平民百姓"，再到"玉皇大帝"，这个议论的层次是很清晰的。因为法海这么做太违背人性了，所以从下到上、从小到大、从老百姓到官方，都觉得法海不应该这么做。虽然我们普通百姓无能为力，但是玉皇大帝是可以惩治法海的。

所以，鲁迅接下来写道，玉皇大帝见法海荼毒生灵，想要捉拿法海。法海逃来逃去，最后躲到了螃蟹壳里。鲁迅还把这个事情跟民间"蟹和尚"的说法联系在了一起。秋高稻熟时节，也是吃螃蟹的时候，在螃蟹壳里有一个罗汉模样的东西，小孩子叫它蟹和尚，鲁迅说，这就是躲在螃蟹壳里避难的法海了。

法海的这个下场给人留下的印象非常深刻，本来是一位高僧，最后却落得这样的下场，就连我们吃的螃蟹里都有法海。

文章的最后说，当初，白娘子被压在塔底下，而现在，法海被困在了螃蟹壳里，永世不得翻身。通过"当初"和"现在"的两相对照，鲁迅先生揭示了一条历史规律——一切镇压人民的反动统治，终究是要垮台的。

鲁迅说，你们造塔的那个时候，就没有想到这塔终究要倒吗？你们创造出一个枷锁，但它是可以被挣断的，谁也遏止不了人性的自由的力量。

文章的最后一个自然段，只有两个字——"活该"，言简意赅，意味无穷。这两个字，不仅鲜明地表达了鲁迅先生的观点，还对全文做了一个辛辣有力的总结。"活

《论雷峰塔的倒掉》：
以传说故事讽喻时事

该"既是对法海的嘲讽，也和前文做了呼应：普天之下的人民，除了脑子不正常的人，人人都会从心里喊出这么一句"活该"！

总结一下，《论雷峰塔的倒掉》这篇文章，鲁迅从"听说"雷峰塔倒掉这件事写起，结合了《白蛇传》的故事和"蟹和尚"的传说，讽喻时事，表达了反封建的主题，说明了一切镇压人民的反动统治必将倒台的真理。

◎ 创作锦囊
寓理于事

读完了《论雷峰塔的倒掉》这篇文章，我来教你一个写作方法，叫作"寓理于事"，就是把深刻的道理和生动的故事结合起来。

我们都知道直接讲大道理是很生硬的，但如果把道理蕴含在故事中，那这个道理就具象化了，它就可以栩栩如生、惟妙惟肖地活跃在人们的头脑当中。

你在写作文的时候，也可以尝试采用寓理于事的方法，在故事或事件中体现自己的观点。举个例子，比如说你要报兴趣班，有人说这个班好，有人说那个班好，那你应该怎么选择呢？这个时候，妈妈可能会跟你说："你记得'小马过河'的故事吗？只有去试听一下课程，接触一下，你才知道哪个班是真正适合你的。"

《立论》：「立论」为什么难？

这一讲，我们要讲的是一篇散文诗——《立论》。

如果你写过议论文，你可能会对"立论"很熟悉。凡是写议论文，一定会有个观点，立论就是用清晰的语言，把观点说出来。但其实，不光是写议论文的时候需要立论，在生活中，我们要评价一件事情好还是不好，或者评价一个人做得对还是不对的时候，我们表达出明确的观点和态度，这也叫立论。

这下你就知道了，立论其实是每个人每天都会做的事情：习题这么解对不对？犯了小错妈妈该不该凶我？这些观点我们总在表达嘛！

但是，这件事上还真有特例，鲁迅就遇到过这么一个奇怪的人。这个人每次和别人聊天，无论对方说的是好还是坏，是对还是不对，他都不表明自己的意见，只

《立论》：
"立论"为什么难？

是哈哈哈哈笑几声，然后糊弄过去。

鲁迅没想到，世界上竟然会有这样的人，对谁说话都打哈哈，对任何事情都不表明自己的观点和态度，从来都不立论。所以，鲁迅把自己对这件事情的想法写下来，就有了这篇《立论》。

鲁迅先生是什么态度你应该能猜到，他爱憎分明，肯定不喜欢这种人。但文章里却没有辛辣的批判，而是很巧妙地把自己的观点放在一个故事里。下面我们就来说说具体内容。

文章的开篇，鲁迅写他做了个梦，梦见自己正在小学课堂上准备写作文，向老师询问怎样立论。

那老师是如何回答的呢？老师斜着眼看了看他说，立论这件事很难啊。作为一名老师，竟然斜着眼睛看学生，有一种看不起这个学生的感觉，这不能算是个很好的老师。不过，他还是用一个故事回答了学生的问题。

故事是这样的。一个人家里生了一个男孩，全家人都很高兴，满月的时候抱出来给客人看。此时，客人们通常要对孩子说一些自己的评论。第一个客人说:"这孩子将来要发财的。"听了他的话,孩子的家人都感谢他。第二个客人说:"这孩子将来要做官的。"孩子的家人也挺高兴。第三个客人说:"这孩子将来是要死的。"结果,他被这家人痛打了一顿。

老师讲完这个故事之后,评论说:那个说孩子将来一定要死的人,说的是实话;那几个说孩子将来一定会升官发财的人可能是在说谎。但是说谎的人得到了感谢,说真话的人却被打了一顿。学生你是想说真话还是假话呢?

梦中的鲁迅回答说:"我不想说谎,但也不想挨打。那应该怎么说呢?"老师回答:"那你就要这样对孩子的家人说,这孩子呀,他以后,哈哈哈哈哈。"意思就是,你如果不想说谎,也不想说真话被打,就要哈哈哈地笑着把这件事糊弄过去。

散文诗到这里就结束了。老师告诉学生,立论是很难的。为什么难呢?因为在旧中国,如果你说了真话,发表了自己真实的看法,就可能会被人打一顿;但如果你说的是假话,反而可能会得到人们的感谢和称赞。如果你不想说假话又不想挨打,那就只有不发表自己真实

《立论》："立论"为什么难？

的看法，这时候，哈哈笑就是最好的方法。

《立论》这篇散文诗的结构很有意思，是一层套一层的。第一层是鲁迅的梦，里头的学校、人物，我们都能冷眼旁观，因为梦是虚假的，和读者也没什么联系；第二层是梦里老师讲的故事，这个故事听起来是很真实的，放到现实社会里，如果真有这么一档子事，也会是前两个客人被感谢，第三个客人要挨打。

梦里叠进一个真实故事，这是虚实结合的写法。鲁迅正是要用虚构的梦，去批判当时那个赞美假话、打击真话的真实社会。

我们在开头提到过，鲁迅先生不是在生活里见到一个"哈哈主义"者吗？在当时社会，有许许多多的人都在用"哈哈主义"来逃避问题，避免惹祸上身。说到底就是他们不敢直接面对问题，不能真正回答问题，更不能真正地解决问题。

社会上很多人爱听假话、爱打哈哈，这就已经够可怕了，更可怕的是什么呢？更可怕的是《立论》里提到的，打哈哈的说话方式是老师教给学生的。孩子刚进入到社会当中，不知道怎么表达自己的态度和观点，老师却告诉他立论太难了，你还是不要发表自己真正的看法，要学会用"哈哈主义"来避免惹祸。老师把这种态度教给学生，学生长大后再教给下一代，一代一代传下去，"哈哈主义"就会被越来越多的人所接受。

你可以想象一下，"哈哈主义"要是每天在你身边上演，会是什么感觉。比如，今天数学课上老师讲了一道题，你觉得很难，于是在班里说"这道题好难啊"。一般情况下，你的同学要么会说"对，这道题真的很难"，要么说"一点都不难"。但你同桌不说难，也不说不难，就是哈哈哈地笑，你怎么办？是该一起发牢骚呢，还是向他请教呢？你根本不知道他真正的想法呀！所以，要是大家都用"哈哈主义"来说话，不只会让人云里雾里，而且什么问题也解决不了。

总结一下，在《立论》这首散文诗中，鲁迅用一个梦来给我们讲了一个故事。故事里说假话的人被恭维感谢，说真话的人却被打了一顿，这说明当时的社会真假不辨、黑白不分。所以第一层，鲁迅抨击了说假话的人；

《立论》：
"立论"为什么难？

第二层，又抨击了当时的那个社会。这里用到了一个讽喻的手法：用梦的形式，讽刺了那些总是哈哈哈的人，也讽刺了当时的社会现状。同时，鲁迅也想借这篇文章鼓励人们勇敢地说真话，不做"哈哈主义"者。

那也许有人会问了，说话这么直接好吗？我们中国文化里，孔子不还提倡中庸吗？其实，这是后人错误地理解了中庸的含义。孔子提出中庸，是要我们保持温和的人生态度，不是让我们不说实话。况且，孔子本人就是有态度、敢立论的。曾经有他讨厌的人前来拜访，孔子故意不见，然后还要弹琴让对方听到，告诉人家我没生病，就是讨厌你才不见。

当然了，大是大非面前，我们要勇敢说出自己的观点，这是鲁迅先生的立论；但有时候，生活里的一些无伤大雅的小事，我们也可以适当采用打哈哈的方式。比如我穿了一件新衣服，问你好看不好看，你觉得不好看，不愿意撒谎，但你也不想直接说出来伤害我的感情，那你就可以打个哈哈。在现代社会，在这种不算重大的问题上，委婉地讲话其实是情商高的一种表现。

反讽 ◎创作锦囊

读完《立论》这篇散文诗，我来给你讲一个写议论文的方法——反讽。

在《立论》中，鲁迅用了反讽的手法，就是他明明觉得"哈哈主义"不好，但他却说，要是你不想说谎也不想挨打，就用"哈哈主义"吧。他用文字表达出来的内容，和他真正想要表达的观点正好相反，这就叫作反讽。

你在写作中，也可以利用反讽来达到出人意料的效果。比如说，你想写一朵花的气味很臭，如果直接写这朵花太臭了，就不是那么生动，那你不妨这么写：这朵花的味道很"香"，吸引了很多昆虫，比如苍蝇、臭虫等。因为其实苍蝇和臭虫都是喜欢臭味的，所以这样写，读的人既觉得文章很有意思，又能感受到这朵花究竟是什么味道了。

《经验》：怎样理性地对待经验？

这一讲，我们要读的是鲁迅先生的一篇杂文——《经验》。这篇文章写于1933年，当时中国正遭受日本的大肆侵略，国土沦陷，国家陷于危难之中。

当时的许多人都认为上前线打仗是唯一的救国途径，他们不关心报纸上的电文、宣言，觉得那都是无用的小事。还有人批判鲁迅先生，说他不到革命一线去，只是在后方写些文章，是贪生怕死之辈。

但鲁迅先生并不为这些说法所动，因为他认为，这些文章，也是经验所得。这些文章中的经验都是有人付出了极大的代价才得到的，是国家领土的丧失、战士们的血泪和生命换来的。事实上，思想武器的威力难道不比一味地武力抗争来得更有力量吗？别忘了，一味地武力抗争会导致更多无谓的牺牲。

《经验》：
怎样理性地对待经验？

知道了这个背景之后，我们再来看鲁迅的这篇文章。首先，鲁迅论证了：经验的获得需要付出巨大的代价，但是所获得的经验却有好有坏。

先来说好的经验。文章开头就说："古人所传授下来的经验，有些实在是极可宝贵的，因为它曾经费去许多牺牲，而留给后人很大的益处。"接着，鲁迅举了《本草纲目》的例子。《本草纲目》是一本中医典籍，记载了众多中草药和药方，包括各类草药的功效和毒性。

鲁迅写道，我们一向喜欢恭维古圣人，以为书中记载的药都是神农尝百草尝出来的。有传说确实是这样讲的，说神农一天之内遇到了七十二种毒，但都幸运地找到了解法。但鲁迅认为，这种说法不太能令人信服。

那么，事实是什么样的呢？建筑、烹饪、渔猎、耕种、医药等，这些领域的经验，都是一代一代人积累下来的。鲁迅说，大概最初古人生病了，只能靠运气来试药。有的人恰好吃到了可以医病的草药，于是幸运地康复了；有的人吃到了毒药，就付出了生命的代价。无数人的牺牲才换来了《本草纲目》里翔实的记载，从而造福后人。而且书中不仅有中国人的经验，还有阿拉伯人的、印度人的经验。我们不难想象，这本书里的经验包含了多少人的心血，包含了多少人的牺牲。

讲完了好的经验，接下来鲁迅说，但是并不是所有的经验都是好的经验，也有很多经验带给了后人坏的影响。需要说明一下的是，这里说的坏的经验不是指错误的经验。比如，古人曾经认为地球就是宇宙的中心，这是科技、认知的局限导致的错误经验，我们只要在今后的实践探索中把这个错误纠正就好了，它不会对我们产生坏的影响。

那么，什么是坏的经验呢？比如，有句俗话说"各人自扫门前雪，莫管他人瓦上霜"，这就是一个典型的坏经验。这句话是说，管好自己就行了，不要去帮助别人。助人为乐是一种美德，可是，我们的祖先却得出了"不要帮助别人"的经验，为什么呢？他们说，因为你去帮助别人，可能会被人指责多管闲事，甚至还有人认为你"黄鼠狼给鸡拜年——没安好心"。有过这样经历的人，自然就得出了我们最好还是不要帮助别人，以免惹祸上

《经验》：
怎样理性地对待经验？

身的经验。而这样的经验，违背了我们的道德伦理，让人与人之间产生隔阂、变得冷漠，这就是坏的经验。

那么，这是不是说明人的本性就是冷漠的呢？不是的。鲁迅说："我想，人们在社会里，当初是并不这样彼此漠不相关的，但因豺狼当道，事实上因此出过许多牺牲，后来就自然的都走到这条道路上去了。"意思就是说，社会上还是有很多好人的，但同时，也有一些"白眼狼"，这些好人恰巧就帮助了"白眼狼"，因此被反咬一口。这种事儿一多，人们才得出了不要帮助人的结论。但归根结底，错在"白眼狼"，民众的本性还是善良的。

所以，鲁迅的这篇文章，又一次探讨了中国人的国民性。人们本性是善良的，但是缺乏独立思考和判断的能力，不能判断经验的好坏，又习惯人云亦云，一味地、简单地传承经验，难免会把坏经验传递了下去。当然，这是和封建制度和礼教有关的：封建制度束缚着人们，不允许人们有自己的想法；而封建礼教呢，就是君君臣臣、父父子子，也就是一味地、简单地传承。

总结一下这篇文章。鲁迅先生提出：无论是好的经验，还是坏的经验，都是付出了极大的代价才换来的，并从两方面进行了论证，最后讲述了社会的现状。

读完这篇文章，我们要认识到怎样才能理性地对待经验：第一，要接受经验里好的那一面；第二，要善于分辨。不论是对待前辈的经验，还是互联网上的信息，都要做出自己独立的判断。其实在当下，也有这样非常典型的案例，就是关于"老人摔倒扶不扶"的争议。如果有老人在路边摔倒了，我们肯定是要扶的，如果老人摔伤了，我们当然会把老人送往医院。但是，在有些案例中，主动给予帮助的好心人却被当作撞倒老人的肇事者，受人冤枉和指责。所以人们现在看到老人摔倒，第一反应就变成了考虑该不该扶，想一想把老人扶起来可能会给自己带来什么麻烦。这不是因为人的素质低下，更谈不上什么人性的丑恶，这是经验所致，是坏的经验导致人们变得麻木不仁，做事瞻前顾后、畏手畏脚。

鲁迅先生的这篇文章是让我们脊背一凉的。我们试想一下：如果整个国家的国民都变成了不愿意帮助别人的冷血动物，那么这个社会还有什么温情可言呢？

《经验》：
怎样理性地对待经验？

◎创作锦囊

时事思考

读完了《经验》这篇文章，我来教你一个写作方法——时事思考。

我们这里说的"时事"，不仅仅是指国家大事和社会新闻，你身边发生的小事，也可以叫作时事，也值得你关注和思考。

我们在写作中，怎么运用时事思考这种方法呢？我来举个例子。比如，你在一次出游时，看到了随手扔垃圾的不文明行为，那么你就可以从这里切入，谈谈你眼中的文明行为和不文明行为，深入思考一下不文明行为的危害，还有我们怎么减少这种现象，有什么解决措施。

再比如，你发现补习班的同学对周末上补习班很不满，那你就可以思考一下：周末上补习班合理吗？并分析一下，周末上补习班有什么好处和弊端。

只要你用心观察，这些随时都能在身边发现的小事，就能唤起你的写作灵感。

《灯下漫笔》：奴性社会的本质和青年的使命

这一讲，我们来讲鲁迅先生的一篇议论文——《灯下漫笔》。鲁迅先生采用了一种常见的议论文形式，就是先从生活中的小事入手，然后从小事中引出一个道理。所以，我们一看这个题目，会觉得这篇文章好像是鲁迅先生随手一写，但其实，文章的内涵很深刻。

我们就先来说说，鲁迅是从什么小事写起的。

文章开头写道：民国初年，国家发行了纸质钞票。人们觉得先前使用的银元，携带和使用没有钞票方便，于是纷纷把银元兑换成了钞票。但没想到的是，钞票突然贬值了，很多地方都不愿意收钞票，只收银元。

鲁迅手里有大把的钞票却花不了，没有银元的他忽然变成了一个"穷人"。所以，鲁迅想把钞票换回银元，但当时银行一度不能兑换，后来终于可以兑了，鲁迅就赶紧以六折、七折的低价把手里的钞票全部兑换成了银元。

手中的钱变少了，这本来是一大损失，但鲁迅却沾沾自喜，他把一包银元揣在怀里，沉甸甸的觉得很安心。

鲁迅说，要是平时，人家少给他一个铜元，他都不会答应的，但这次损失这么多，为什么反而开心呢？这是因为鲁迅首先经历了不能兑现、换不到银元的事情，他的心态有了改变，宁愿吃点亏把钱换了，这总比换不出去好啊。

于是，鲁迅从换银元这件小事，讲出了一个道理："我们极容易变成奴隶，而且变了之后，还万分喜欢。"

为什么人们极易变成奴隶呢？人们习惯于被人要求，不去反抗，不去争取自己的权利，因为在这之前人们生活得更悲惨，连被人奴役的权利都没有。

接下来，鲁迅开始在中国的历史中找例子去印证自己的观点。

鲁迅写道："中国人向来就没有争到过'人'的价格，至多不过是奴隶，到现在还如此。"意思是说，中国几千年来，从来没有过独立自主的人，大家都是在做奴

《灯下漫笔》：
奴性社会的本质和青年的使命

隶。在和平的时代，大家就安安分分地听皇帝的话；在战乱的时代呢，人们就不知道该听谁的话了，于是就希望有人能够站出来，给他们制定规则，让他们服从。只想着听从别人制定的规则，一点儿主见也没有，这不就是"思想上的奴隶"吗？

鲁迅还举了唐朝末年的黄巢起义、宋末元末的战乱作为例子，来进一步阐释。战乱平定以后，普通百姓除要交纳原来的赋税外，还要承受许多新的压迫，而他们也心甘情愿地服从。尤其是明末出了个带领农民起义的张献忠，在他那儿，不服役纳粮的人要杀，服役纳粮的也要杀，跟他对着干的要杀，投降他的也要杀，奴隶规则被张献忠毁得粉碎。这时候，百姓就希望出现一个新的主子给他们制定奴隶规则，给他们带来安定。

看看吧，这就是几千年来中国百姓的现状，即使有人打破了奴隶制度，他们还要寻求一个新的奴隶主，继续心甘情愿地被欺压。为什么百姓这么心甘情愿呢？怎么就不想着抵抗呢？因为他们觉得，比起之前在战争时代活都活不了，还不如就这么被人欺压着呢，至少还能活着呀。我们之前常常提起的"吃人"二字，吃的是谁？就是这些自己都不自知、不自省的奴隶啊。

对于这种现象、这种心理，鲁迅先生感到十分痛心。他认为只有改变人性，才能改变这个国家和社会。我们必须消灭一切奴役现象，否则的话，我们永远是在"想做奴隶而不得"和"暂时做稳了奴隶"之间轮回。鲁迅先生希望新一代的青年人，可以建立一个"第三样时代"。这是什么样的时代呢？就是争取人该有的自由和权利，不做奴隶，做独立的人，这样的一个时代。

讲完了历史，鲁迅又讲述了在他生活的年代，国人是怎样做了别人的奴隶却不自知的。

首先，他引用了一篇文章，里面写到，有一个外国人在北京生活得久了不想回国了，为什么呢？因为他觉得北京的生活太舒适了，各类金银珠宝、书卷画轴、美味佳肴等，都让他沉迷其中。你可能会觉得：我们的文化得到了外国人的认可，难道不是好事吗？

如果放在今天，这是一件好事。可是，在鲁迅的那个时代，外国人是作为侵略者，享受着中国人给他们

《灯下漫笔》：
奴性社会的本质和青年的使命

的服务，他们把中国当作自家的游乐场，把中国人当作他们的仆人。鲁迅说，这就是"人肉的筵宴"，吃人的筵宴。

文章的最后，鲁迅先生说："这人肉的筵宴现在还排着，有许多人还想一直排下去。扫荡这些食人者，掀掉这筵席，毁坏这厨房，则是现在的青年的使命！"可见，令人遗憾的是，当时的中国人大部分都没有认识到奴隶的本质，因此鲁迅先生再一次表达了他对青年人的希望。

总结一下《灯下漫笔》这篇文章。鲁迅先生通过纸质钞票换银元这件小事，联想到了中国几千年来的奴性社会的本质，并通过有力的史实进行了论证，最后呼吁青年人承担起时代的使命。

◎创作锦囊

以小见大

读完了《灯下漫笔》这篇文章,让我来教你一个写作技巧——以小见大。

以小见大是《灯下漫笔》这篇文章的一大特色,鲁迅从换银元这件小事,联想到了中国的社会性质和国人的本质。

你在写作中,也可以尝试一下,注意观察生活中的小事,记录那些小事带给你的启示。比如说,班里要选班干部,你特别想当班长,结果这次只当上了文艺委员。这时候下雨了,你看到地上流淌的水,于是想到了水虽然灌溉万物,但总是默默流淌,无论是在天空中、水池里,还是在地上,它都在默默地承担着自己的责任。于是你就把当不上班长的心结给打开了,当文艺委员一样可以为班集体做贡献嘛。

从水想到自己的生活,想到默默奉献的精神,这就是以小见大。

《读书杂谈》：我们应该如何读书？

这一讲，我们要讲的这篇文章，叫作《读书杂谈》，它是鲁迅先生在一所中学演讲时的演讲稿。在这个演讲稿里，鲁迅先生和中学生们分享了他对读书的看法，这对我们今天读书仍然有用。

一开头，鲁迅说："因为知用中学的先生们希望我来演讲一回，所以今天到这里和诸君相见。不过我也没有什么东西可讲。忽而想到学校是读书的所在，就随便谈谈读书。是我个人的意见，姑且供诸君的参考，其实也算不得什么演讲。"你看完这段话有什么感受？是不是觉得鲁迅挺平易近人的？他称呼学生"诸君"，这可是尊称。

当时的鲁迅，已经是国学大家了，他在北师大演讲，从他家到北师大的路上都挤满了青年学生。但是，他给中学生做演讲的时候，依然放低自己的身份，在他的眼

《读书杂谈》：
我们应该如何读书？

里，他和中学生是平等的，他并没有端着什么架子。而且，鲁迅说，他只是随便谈谈，供学生们参考，其实也算不得什么演讲，这就一下拉近了他和中学生的距离。

接下来，鲁迅就开始正式分享他的看法了。首先是厘清概念，他认为读书并不是不分种类，直接拿来读这么简单的。读书至少分为两种类型：一种是职业的读书，一种是嗜好的读书。

职业的读书，是指为了某些功利性的目的而读书，比如，学生升学要看书，老师教书备课要看书。就算你不喜欢，为了升学，为了生计，也要看书，有时甚至需要看自己并不喜欢的书。所以，鲁迅认为，这样的读书，和木匠磨斧头、裁缝理针线并没有什么区别，并不见得高尚，有时还很痛苦、很可怜。这一点你很容易理解，可以联系一下自己的经历，在为了应付考试不得不看一些让你头疼的书的时候，读书在你心里是不是就没有那么高雅、那么舒服了？

说完了职业的读书，鲁迅开始说嗜好的读书，就是完全出于兴趣、自愿地去读书，没有人逼迫，也不涉及利害关系。他在这里举了一个很形象的例子，嗜好的读书就应该像喜欢打牌一样。有人对打牌感兴趣，那他就会天天打、夜夜打，就算有人阻止他，他也还是惦念着。嗜好读书的人也是这样，他会手不释卷，会觉得书的每一页都有着深厚的趣味。真正喜欢打牌的人不是以赢钱为目的的，嗜好读书的人也不是为了功利才读书。

所以，你看，鲁迅把读书和磨斧头、理针线、打牌放到一起，是为了说明别把读书看得太高，它只是一种个人的习惯、爱好。你不要把读书想得特别严肃、特别沉重，比如，不要说什么"万般皆下品，唯有读书高"。你也不要带着特别强的功利思想，比如一定要读经典，读完就一定会有所提升之类的。

当然鲁迅讲这番话，并不是说学生们不该为了学习、考试而读书，而是鼓励学生不仅要看跟学习、考试有关的书，还应该看看课外书。他建议学生们要广泛阅览，不同领域的书都可以拿来看看，了解一下。这样，对人对事都可以有更深的了解。

另外，鲁迅说嗜好的读书就像逛公园，读着不

《读书杂谈》：
我们应该如何读书？

吃力才有趣。如果一本书拿到手，就想"我在读书了！""我在用功了！"，这样就会把读书变成一件苦差事。能慢慢把读书变成一种爱好，才是真正地读进去了。

说完了两种类型的读书，鲁迅先生接着跟学生们分享了几个他经常被问到的问题。

第一个问题，是文学和文章的区别。研究文章的历史或理论的，是文学家，是学者。创作诗、戏曲或小说的，是作文章的人，就是文人、创作家。创作家不妨毫不理会文学史或理论，因为他们创作的是文学；而文学家也不妨作不出一句诗，因为他们是研究文章的。

第二个问题是，要弄文学，应该看什么书？鲁迅认为，这实在是一个极难回答的问题。之前的先生给学生开一大篇书目，让学生去读，是没什么用的，因为每个人的喜好是不同的，先生开的只能代表他自己的意愿和选择。鲁迅认为，对学生最好的建议，就是让学生自己先看一些指导性的书目，比如张之洞的《书目答问》、本间久雄的《新文学概论》等。学生可以经过自己的思考之后，再博览群书。

第三个问题，是关于批评的。随着出版物的增多，读者希望有所抉择，于是就出现了很多批评家。鲁迅认为，批评家的观点只对一部分和他看法相似的人有帮助，而目前的中国并不需要批评家。鲁迅还讲了一个故事来说明他的观点。故事是这样的：一开始老翁牵着驴，让孩子骑在上面，结果路人就批评孩子，说他不孝顺；换成老人骑驴呢，他们就批评说怎么能忍心让孩子走路呢。无论怎么样，都是有人批评指责的。

鲁迅举这个例子是想说，每个人的感受、想法不同，所以，你不能简单地听从别人的批评和意见，你需要自己思考。读书也是如此，不能因为批评家说这本书不好，你就不读了，你要自己思索，自己做主。

另外，"纸上得来终觉浅，绝知此事要躬行"，鲁迅说不能死读书，而是要跟社会实践结合，让读到的书、收获的知识活起来。

最后鲁迅进行了总结，他告诉学生们，要主动地读书，读感兴趣的书；先广泛阅览，然后选择自己喜欢的几个领域来深入了解；但是也不能只读书，读书得来的理论最终还是要与社会实践联系。

《读书杂谈》：
我们应该如何读书？

条分缕析 ◎创作锦囊

读完了《读书杂谈》这篇文章，我来教你一个写作技巧——条分缕析。

什么是条分缕析呢？就是进行细致的、有条理的分析。

在《读书杂谈》里，鲁迅首先厘清了概念，读书有两种——职业的读书和嗜好的读书。然后就讲到了人们读书的态度。有不正确的态度，比如把读书看得太高，比如功利心太重，等等。最后，自然地引出我们要怎么去读书。

在给学生们解答问题的时候，鲁迅也是条理分明，讲了三个问题之后，还给出了一个总结，让人一听就能明白。

你在写作中，也可以运用条分缕析的方法，可以用"首先、其次、再次、总结"这样的结构来写。比如说，我们讲劳动很重要，就可以这样来写：第一，劳动对个人能力有哪些培养；第二，它能够促进人养成什么样的习惯（一层一层地讲劳动的作用）；第三，也就是最后再总结一下，我们需要一种什么样的劳动，应该怎么去做。鲁迅先生写读书，我们写劳动，或者是写其他的内容，其实都可以用到这种写作方法，条分缕析，讲清道理。

《作文秘诀》《答北斗杂志社问——创作要怎样才会好?》…
鲁迅写文章的『秘诀』

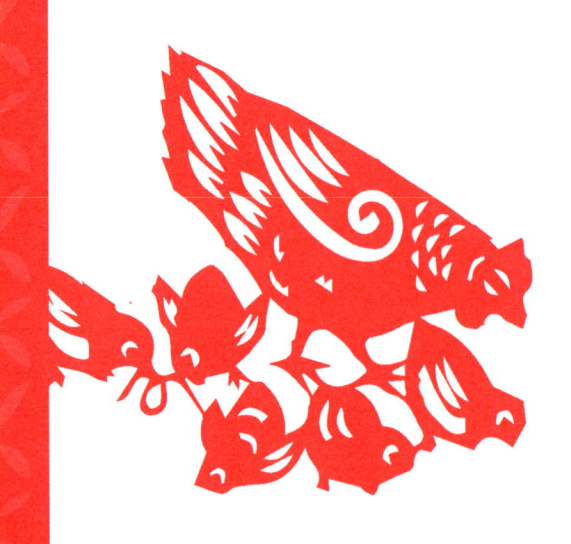

这一讲，我要给你讲鲁迅先生的两篇文章——《作文秘诀》和《答北斗杂志社问——创作要怎样才会好?》。咦，怎么一下子讲两篇呢？因为这两篇文章有个共同点，那就是鲁迅先生跟我们分享了他对写作的看法。

我们先来讲第一篇——《作文秘诀》。文章开篇第一句话就是："现在竟还有人写信来问我作文的秘诀。"这个"竟"字，体现了鲁迅先生的一些情绪。这种情绪到底是惊讶，是反感，还是别的什么呢？我们继续往下看。

我们一提到"秘诀"，总会想起"祖传"，想到子子孙孙世代"传秘诀"的过程。

鲁迅先讲了"传承"这件事的问题。鲁迅说，拳师教徒弟打拳通常是留一手的，怕徒弟学会了打死自己。所以，拳术在传承的过程中也就"一代不如一代"了。

那么"秘诀"呢？做医生的有秘方，做厨子的有秘法，开点心铺子的有秘传……但是，作文却好像偏偏并无秘诀。这是为什么呢？因为祖传的作家很少见，写文章的技艺似乎没办法传承。即使作家的孩子从小接触书籍纸笔，眼界可能会开阔一些，但是不见得就会作文章。

接着，鲁迅讽刺了那些"父子作家"和"夫妇作家"，因为他觉得，这是把"做官的关系，用到作文上去了"。什么意思呢？做官有时候会假公济私，给家属一点儿好处，但是写文章的技艺是没办法传承的。

所以，我们看到，鲁迅对"传秘诀"这件事的态度是不赞成的。接下来，他说，作文真就毫无秘诀么？也不是的。那么，秘诀是什么呢？

从内容上来说，要满篇引经据典，拼接、堆砌前人的观点。虽然文章是自己作的，但是不要表明自己的看法。从修辞上来说，"一要蒙胧，二要难懂"，具体办法就是"缩短句子，多用难字"。鲁迅举了个例子，比如写"秦始皇乃始烧书"，这在一般人看来就不是好文章，要说成"始皇始焚书"，变得文绉绉的，就是好的了。有些学者、专家为了追求"蒙胧""难懂"，于是把这句话写

《作文秘诀》《答北斗杂志社问——创作要怎样才会好？》：鲁迅写文章的"秘诀"

成"政俶燔典"，让人完全不懂是什么意思。

你可能会觉得奇怪：这几条怎么能算是作文秘诀呢？其实，这是鲁迅先生一贯的手法，就是反语，表面上是褒义，实际上是贬义。他说是秘诀，但如果你真的这么写作，那不是太搞笑了吗？所以啊，鲁迅先生的意思是说：你千万不能这么写文章。

鲁迅接着写道，文章作得"蒙胧"，让人看不懂，就是所谓的"好"吗？也不尽然。这只不过是在用朦胧晦涩的文字遮丑，让人们觉得这是好文章。你去看看那些华丽堂皇的祭文、挽联、宣言，如果我们去查字典，把它们翻译成白话文，指不定成什么样呢。

为什么文章写得难懂，人们就觉得好呢？鲁迅说，因为人们一般都会对"难事"特别崇拜，比如用手穿针没有人看，用脚穿针就可以搭帐篷卖钱了。就算是同一件事，费了苦功做成的也比不费力做成的可贵。比如到庙里去烧香拜佛，费劲爬到山上比直接在平地上可贵。同样的道理，作文里这种"难词难字"，会给人一种艰深渊博的印象，让人觉得文章写得好。但是，这其实都是"骗人的秘诀"，就像变戏法时用来掩人耳目的手巾。

文章的最后，鲁迅提出了他真正认可的写作方法——白描。什么叫白描？就是"有真意，去粉饰，少做作，勿卖弄"。你心里头怎么想的就怎么去写，不要有太多粉饰，不要做作和卖弄，只要顺其自然地写就好了。"白描"也是鲁迅用得最多的一种文学表现方法，"我手写我心"，这样的写法是更纯粹动人的。

讲完《作文秘诀》，我们再来讲另一篇文章——《答北斗杂志社问——创作要怎样才会好？》。如果说《作文秘诀》重点讲的是作文章的精神，那么这篇文章就是在具体地讲方法。鲁迅列出了几条他的经验，供我们参考。

1. 留心各样的事情，多看看，不要看到一点就开始写。意思是说，我们要注重对生活的观察和思考。

2. 写不出的时候不硬写。

3. 模特儿不用是一个特定的人。可以写一个虚构的人物，集合爸爸、妈妈、祖父、祖母的特点。这一条其实还是要我们仔细观察，把握人物特点。

4. 写完后至少看两遍，删去可有可无的字句。平时

《作文秘诀》《答北斗杂志社问——创作要怎样才会好?》:鲁迅写文章的"秘诀"

写作文要勇敢地改,精益求精。

5. 看外国的短篇小说。这样能够大量地积累。

6. 不生造谁也看不懂的形容词。这一条是在讲写文章要朴实。

7. 不相信"小说作法"之类的话。千万别相信什么写作秘诀、章法,这些都是别人造出来的,提高写作要靠自己在实践中去摸索。

8. 不相信中国的批评家,可以看看可靠的外国批评家的评论。因为在鲁迅先生那个年代,中国白话文学还不成熟,鲁迅希望读者借鉴比较成熟的评论,但到了今天,我们自然要中西兼顾、古今博览。

当然,鲁迅先生说的这些方法属于很高的要求,在你现在的阶段,还是需要有意识地训练自己掌握各种写作手法和修辞方法。等你能熟练地运用这些方法之后,它们就会成为信手拈来的工具,服务于你的思想表达。

总结一下,鲁迅通过这两篇文章,告诉我们写文章要自然朴实,并为我们提供了参考的办法。这就是鲁迅的"作文秘诀",你学会了吗?

◎创作锦囊

归谬法

读完了鲁迅先生的这两篇文章，让我来教你一个写作技巧——归谬法。

什么叫归谬法？就是先承认错的是对的，在此之上总结出更荒谬的结论，以此来推翻一开始错的论点。

拿《作文秘诀》这篇文章来说，鲁迅先说写作要"蒙胧"，要"难懂"，这本身是错误的观点。但是，鲁迅却说它是正确的，然后一步一步地指出，"蒙胧""难懂"造成的不好的结果。通过采用归谬法论述，我们自然就明白写文章不能如此了。

举一个日常生活中的例子。我们先把错的当成对的，比如说，男女同学不应该有来往。然后说出这样做的后果，比如大家见面招呼都不打，上课课桌要分开，甚至要戴防毒面具上学，因为男生呼出的空气女生就吸进去了，这多不好啊。你看，推论到这里，是多么荒谬啊，这就证明之前说的"男女同学不应该有来往"是错误的。

《拿来主义》：主动思考，主动选择，主动行动

在正式开始讲这篇文章之前,咱们先来想一个跟你有关的问题。你的亲戚送给你一部智能手机,这就是天上掉馅饼啊!可是爸爸妈妈都说这个东西对你的学习有影响。那你会怎么做呢?有的同学可能说:"哎呀,我周围有小伙伴天天玩手机,学习成绩下降了很多,我还是不用的好。"还有的说:"我干脆把它扔了,因为它会伤害到我。"还有第三种态度,就是:"我用,给了干吗不用?我既可以用它查查资料、听听书,在不影响学习的情况下,我也可以用它看看新鲜的事,还能约小伙伴一起打打游戏。"

别人送你的智能手机,对你既有好处,也可能有坏处,你到底应该怎么对待它呢?这是我们生活中的小事,还有一些大事。比如说传统文化吧,现在提倡要弘扬传

《拿来主义》：
主动思考，主动选择，主动行动

统文化，但我们也知道，这传统文化里头既有教你向善的好的东西，也有好多糟粕在里头，那我们应该怎么对待它呢？

其实在约90年前，鲁迅先生的文章《拿来主义》，讲的就是类似的一件事情。这篇文章既表明了鲁迅当时面对的社会上的一种困惑，也可以启发我们去思考我们现在面临的问题。

《拿来主义》是一篇杂文，属于议论文。议论文是什么样的呢？简单来说，议论文要表达观点。我们读议论文，就是要读懂观点，然后通过独立思考，联系实际。这样说来，这篇文章的读法是，我们需要拿来精髓，为我们所用，其实啊，这就是拿来主义的"拿来"。

好，先来说这篇文章的观点。要读懂鲁迅的观点，咱们先得知道文章的写作背景。鲁迅这篇文章写于1934年。1934年的中国是什么情况呢？从那往前推三年，也就是1931年，发生了"九一八"事变，还有在那之前，外国已经对中国进行大肆侵略——这就是当时的大背景。

鲁迅在这篇文章里讨论的主要问题是，在这种背景下，咱们中国人应该如何对待外来文化。

为了讨论这个问题，鲁迅首先给我们厘清了概念。有哪几个概念呢？"送去""送来"和"拿来"。

我们先来说说"送去"。当时人们提倡弘扬中国的大国文化，既然我们在军事上不断地挨打，那在文化上就要表现出中华民族的荣光，所以就送出去很多的国粹，包括送我们的文物出国去参展，请梅兰芳到俄罗斯去演出等。这些按理说应该是好事，但是在那个时代，我们国家本身的经济实力是那么弱，然后外国又欺凌中国，我们这样的"送去"，在鲁迅的这篇文章中，实际上就是一种摇尾乞怜。我们输了，就拿这些好东西讨好外国，而且送出去后，有时候还拿不回来，这就是一种变相的丧权辱国，所以鲁迅把它叫作"送去"。

接下来我们说"送来"，也可以说是"抛给"。"抛给"是什么？我可能都不想要，你直接就抛给我了。抛给我们的有些什么东西呢？当时，我们国门打开了，人家送来了鸦片，等于是抛过来的。一些文化当中的糟粕，比如日本的歌姬、舞姬，西方的夜总会、舞女，不健康

《拿来主义》：
主动思考，主动选择，主动行动

的书籍，都跟着一起过来了。这是一种文化的侵略。

所以，"送去"不好，"送来"也不好。我们应该怎么做？应该"拿来"。什么是"拿来"呢？鲁迅写得很清楚："运用脑髓，放出眼光，自己来拿！"鲁迅说的"拿来"的三大特质，你理解了吗？主动思考，主动选择，主动行动。重中之重，在于主动！

好，议论文的观点已经有了，接下来就要论证这个观点了。为了把道理说清楚，鲁迅采用了喻证法，比喻的喻，证明的证，也就是打个比方，简单明了。

打了个什么比方呢？说一个穷青年，得了一个大宅子。如果这个青年害怕宅子的旧主人，不敢走进去，那他是孱头，也就是胆小鬼。如果他一把火把宅子烧了，就是昏蛋，典型的没头脑。如果他全盘接受旧主人的一切，甚至走进屋里吸旧主人留下的鸦片，那就是废物。这样几种做法，都不是"拿来"。

如果这个比喻还不好理解，你可以想想你自己生活中，遇到过类似的事情吗？比如拿到一套"学霸"专属练习题，你会怎么做？如果你说："学霸的练习题，我哪会做啊，不做不做。"那你就是胆小鬼。如果你觉得这是在拿"学霸"羞辱你，将其撕掉、扔掉，置之不理，这不是没头脑又是什么？如果你埋头就做，搞得自己云山雾罩、晕头涨脑，那对不起，这就是可怜的"废物"了。虽然不是特别贴切的类比，但相信聪明的你已经明白了，鲁迅先生的这个比喻，其实是在教我们如何面对外来的资源。

接着，鲁迅笔锋一转，拿来主义者会怎么做呢？他占有，他挑选。如果大宅子里有鱼翅，鱼翅有营养，可以吃掉。如果有鸦片，也不乱扔，而是送到药房里供人治病。至于姨太太，实在没什么用，就可以让她们解散掉。总之，该使用就使用，该存放就存放，该毁灭就毁灭，既不激进，也不保守。

你发现了吗，有了大宅子这个比喻，看起来抽象的道理，就变得具体化、形象化、好理解了。

最后，鲁迅把一切归结为"主人是新主人，宅子也就会成为新宅子"。也就是说，要做到独立、自主地对待西方文化和传统文化，关键是要有"新主人"。而新主人

《拿来主义》：
主动思考，主动选择，主动行动

的特点又是十个字："沉着，勇猛，有辨别，不自私。"本来，这里面是大有文章可做的，但鲁迅却戛然而止，因为他要把进一步的思考留给我们读者。

在议论文的最后，通常需要总结一下，所以，鲁迅又把笔收拢在"拿来主义"的主旨上："没有拿来的，人不能自成为新人，没有拿来的，文艺不能自成为新文艺。"这是点睛之笔，建议你反复体会、背诵，牢记在心。

总结一下，《拿来主义》这篇文章是一篇很规范的议论文，它的结构非常清楚，一共有三层：先破，也就是说，先说"送去"和"送来"的做法都是不对的；破完之后立，立也就是立论，说出自己的观点，即我们应该"拿来"；说完了自己的观点，再来论证这个观点。

比喻论证（上）
◎ 创作锦囊

读完了《拿来主义》这篇文章，我来教你一个写作方法——比喻论证。

不管是写议论文，还是想要跟人说清楚一个道理，运用比喻都是个很好的方法。

比如说，你想跟家长说不能让你做太多的题，你就可以说，给花儿浇太多的水，花儿会枯萎，那这个道理一下子就生动很多了。

还有，"下周的考试，就像是几千斤重担一样压在肩头""她笑成了一朵花"，都是运用了比喻的修辞方法，这能让你的文章更生动，也能让你的道理更能说服别人。

《文学和出汗》：鲁迅与梁实秋的争论

这一讲，我们来讲《文学和出汗》。要想理解这篇文章，我们先得来讲一下文章的写作背景。在鲁迅生活的年代，中国文学突飞猛进、名家辈出，作家、文学家们经常产生观点的交锋，他们总是通过作品进行激烈的争论。鲁迅先生就有这么一个"死对头"，他就是梁实秋，他们两个人在许多问题上都进行了针锋相对的辩论，在历史上留下了"梁鲁论战"的故事。

　　今天我们要读的文章就是他们论战的一部分。梁实秋写过一篇文章，叫作《文学批评辩》，里面说了这样一个观点："人性的质素是普遍的，文学的品味是固定的。所以伟大的文学作品能经得起时代和地域的试验。《依里亚德》在今天尚有人读，莎士比亚的戏剧，到现在还有人演，因为普遍的人性是一切伟大作品之基础。"

《文学和出汗》：
鲁迅与梁实秋的争论

鲁迅先生认为，梁实秋这段话的意思是"文学应当描写永远不变的人性，否则便不会流传"。而鲁迅认为，文学要有时代的特点。所以，他写了这篇文章，来驳斥梁实秋的观点。

文章的开头，鲁迅先摆出了他所要批驳的观点："上海的教授对人讲文学，以为文学当描写永远不变的人性，否则便不久长。例如英国，莎士比亚和别的一两个人所写的是永久不变的人性，所以至今流传，其余的不这样，就都消灭了云。"接下来，鲁迅就开始一一反驳。

鲁迅先生的第一个反驳是，既然你说文章要描写不变的人性才能长久，那么，那些没有流传下来的作品都是没有描写人性的了？但是，既然它们都没有流传下来，你又怎么知道它们没有描写人性呢？举个例子，假设一部作品只有一部手稿，有一天，作者家里发生了火灾，作者被大火烧死了，文稿也烧成了灰烬，你能说，他的作品是因为没有描写不变的人性而消失的吗？

只要流传的便是好文学，只要消灭的便是坏文学，这未免也太过霸道、太不讲理了！

鲁迅先生的第二个反驳是，他认为根本就没有不变的人性，人性始终是变化的。首先，从类人猿到类猿人、原人、古人，再到今天的人、未来的人，你怎么知道他们的脾气秉性是不变的呢？因为人是在不断变化的，所以你描写的对象都是错的，你论点的基础也就不存在了。

为了说明这一点，鲁迅把人性比作出汗。出汗是人的生理本能，"弱不禁风"的小姐出的汗叫"香汗"，"蠢笨如牛"的工人出的汗叫"臭汗"，如果人的本性是一样的，那么香汗和臭汗也是一样的，作家们在写文学作品的时候，到底写哪一个呢？究竟是香汗更符合人的本性而能长久流传，还是臭汗可以取而代之呢？现在你知道，为什么这篇文章叫作《文学和出汗》了吧。

在这里鲁迅和梁实秋争论的，其实是作品究竟该不该有阶级性。文学是应该描写永恒不变的人性，还是要写出背景、写出时代的特点？

在那个时代，社会局势动荡，梁实秋和其他一些作家仍然会在作品里谈美食、谈雅致的生活、谈生活的感受，这是他们文学上的一种想法和追求。但鲁迅认为，

《文学和出汗》：
鲁迅与梁实秋的争论

身处这个时代，就必须要讲出时代的特点，作品必须要有阶级性。身为作家就应该"摇旗呐喊"，要为正义发声。所以，在梁实秋眼里出汗就是出汗，在鲁迅眼里就分为香汗、臭汗。鲁迅打的这个比方，既形象，又充满了讽刺。这样重话轻说，不仅含蓄，还能够引人深思。

接下来，鲁迅继续用出汗这个例子进行论证。原来英国的小说，很多都是写给太太小姐看的，所以写文雅贵族生活的居多，这就是写"香汗"。后来受了俄国文学的影响，描写普通百姓的生活多了起来，所以就有些"臭汗气"了。可是，我们现在根本无法判断，哪一种更符合人的本性，按照您梁实秋先生的说法，总有一种要消失的，可是，我们现在可以看到，英国诗人雪莱的那些浪漫主义的诗篇和狄更斯《雾都孤儿》这样描写下层民众生活的作品，都很受人们的欢迎。作品中表现出来的人性是不一样的，因此，并不是描写永久不变的人性的作品才能得到流传。

写到这里，鲁迅先生的论证就结束了。我们可以想象，如果把鲁迅和梁实秋放在辩论的现场，梁实秋先发言，然后鲁迅给出这篇文章予以反驳，接下来呢？如果你是梁实秋，你一定会从鲁迅的文章里找到漏洞掸回去。

的确，鲁迅先生的这篇文章也受到了一些批评。曾经，《文学和出汗》被选入高中课本，可是后来，不断有学者对这篇文章的论证结构给出批评，认为他根本就没有驳倒梁实秋先生原来的论据，还有学者说，鲁迅先生误解了梁实秋的文意。这就好比，你要写作文《我养的小动物》，可是你看错了题目，写成了《我邻居养的小动物》，那你说，你这篇文章写得再好，能得高分吗？如果你对这件事情感兴趣，不妨去阅读一下梁实秋的原文，看一看你是否支持鲁迅先生的观点。

我们来总结一下《文学和出汗》这篇文章。这是鲁迅先生针对梁实秋观点的一篇驳论文，鲁迅认为梁实秋表达了"文学当描写永远不变的人性，否则便不久长"这个观点，并且从两个角度进行了反驳。第一个角度是并非描写不变的人性的作品才可以长久，第二个角度是人性不是不变的。

《文学和出汗》：
鲁迅与梁实秋的争论

◎创作锦囊

比喻论证（下）

还记得上一个写作方法，咱们讲的是比喻论证吗？打个比方，让文章更生动。

这一次，咱们要讲比喻论证的另一个用处，它可以帮助我们解释抽象的、不好说明白的道理。在《文学和出汗》这篇文章中，人性本来是抽象的、不容易说清楚的，但鲁迅把人性比作"出汗"这个简单的生理现象，一下子就让抽象的道理变得浅显易懂了。

你在写作中要怎么运用比喻论证呢？比如，你想说明我们需要经历磨难才能成功这样一个抽象的道理，如果你说成是"不经历风雨怎能见彩虹"，是不是就通俗易懂得多了？

《捧与挖》：旧中国的不良现象

读了这么多鲁迅先生的文章，我们都知道，鲁迅先生是致力于和旧中国的恶势力作斗争的。在这一讲要讲的这篇《捧与挖》里，鲁迅先生又揭示了旧中国什么样的不良现象？提出了什么解决办法呢？

　　文章一开始，鲁迅告诉我们有一种现象。中国的人们遇到让自己不安的人物，有两种办法：一种是把他"压"下去，另一种是把他"捧"起来。"压"下去，就是用旧的道德规范或者当官者的权力来打压。这种方法不管用的时候，就要用"捧"，也就是一味地吹捧，满足这个人的要求。"压"是让对方灭亡，"捧"是给对方好处，用这两种方法换取自己的心安。

　　"压"当然是不好的，那么"捧"呢？鲁迅对"捧"这种现象也是很反对的。接下来，鲁迅点出了"捧"的本质。聪明的人捧别人是为了谋取利益，比如捧那些有钱人，给他们送点礼，是为了得到好处；捧那些高官，说两句好话，奉承一下，是为了升官。没读过书的粗人也会用捧的办法，他们捧的大多是神仙，为了让自己免遭苦难。但是啊，他们捧的这些神仙大多是凶恶的，像火神、瘟神之类。观音菩萨虽然可爱，但那是从印度进入中国的，不是中国的神仙。

从这里我们可以看到，被捧的不是贪官污吏，就是牛鬼蛇神，所以鲁迅得出结论，凡有被捧者，十之八九不是好东西。我们要警惕那些被人一味吹捧的事物。

既然人们吹捧的大多是不好的东西，那人们捧了之后会有什么样的后果呢？自然是适得其反了。人是很贪心的，如果一再满足他的要求，他想要的就会越来越多。这样捧下去，不但不能让自己安心，可能还会带来更大的麻烦。这就是捧的危害。

接着，鲁迅举了三个例子来进一步说明捧的危害。

第一个例子是这样一个故事。有一个知县属老鼠，他生日那天，下属们送了他一只纯金的老鼠当作礼物。知县收了之后就对下属们说："明年是我妻子的整数生

《捧与挖》：旧中国的不良现象

日，她属牛。"意思就是，你们今年送了金老鼠，明年可别忘了再送我们一头金牛！你看，要是这些下属今年不送金老鼠，知县也不会贪得无厌地要金牛。而且就算真的送一头金牛给这个知县，下次说不定他就会要一头金子做的大象了。正是因为下属们这么捧这个知县，他的贪心才越来越膨胀。

第二个例子讲的是一个都督，他读过书，也会听百姓的意见，看起来是个清廉正直的好官。但是因为他的官很高、手中的权力很大，所以总有人不停地吹捧他、恭维他。比如，没事的时候来拜见一下，说两句夸他的好听的话啊，今天送点衣服、明天送点吃的啊，捧得这个都督忘乎所以，自己都不知道自己是谁了。时间长了以后，他自己也觉得收人钱财是应该的，于是变得和那些贪官一样，开始搜刮人民。所以你看，正是因为人们都捧这个都督，他才从一个清廉的好官变成了受贿的贪官，剥削百姓，为害一方。

第三个例子讲的是北边的河道。起初人们为了防止河水决堤，就把河堤加高一点。谁知道河堤加高之后，河水也跟着涨，没办法只能继续加高河堤。后来越加越高，最后的结果就是河水的高度比两边河堤外的屋顶都要高，这下，一旦决堤，洪水就会把两岸的人家都淹没，危害更大了。这样垫高河堤的办法就是"捧"，但它造成的结果是危害越来越大。

"捧"只能自讨苦吃，那我们如果真的想让自己避免灾祸，该怎么办呢？鲁迅说，那就要用"挖"的办法。"挖"是什么呢？"挖"是指一开始就把河道的底挖深，挖新的沟渠引水，这样就能让河水的水位下降，也就不会出现垫高河堤之后的危害了。

"挖"也象征着疏通疏导，象征着挖到根本，解决根本问题。比如，在知县一开始过生日的时候，就不要送金老鼠给他，最好什么都不送，这样以后知县说不定连生日都不过了，下属们连祝寿都能省了。再比如，在那个清廉正直的都督刚来的时候，不要去讨好巴结他，而是积极地监督他，指出他的过失，让他保持清廉正直的作风。

最后，鲁迅说中国人"自讨苦吃"的根源就在于"捧"，"自求多福"的办法就是"挖"。其实，"捧"与"挖"耗费

**《捧与挖》：
旧中国的不良现象**

的体力差不多，但是懒惰的人们还是觉得"捧"更省力一些。

总结一下，《捧与挖》这篇文章的结构非常清晰。鲁迅先是揭示了旧中国的一种不良现象：人们总想着用捧的方式让自己得到好处，从而来满足贪心。接着阐述了反对捧的原因，一是捧的十之八九不是好东西，二是捧只能带来更大的灾祸，并且举出了知县、都督、河道三个例子来进行说明。最后得出结论，要想真的保全自己，就不要捧，而是要挖，从最深处斩断贪婪的根，杜绝贪心的滋长和膨胀。

◎创作锦囊
三段论证

读完了《捧与挖》这篇文章，我来教你一个写作技巧——三段论证。这是写议论文的一个基本的方法。

三段就是：是什么，为什么，怎么做。在《捧与挖》这篇文章里，鲁迅就是用这种方法写作的："捧"是什么，为什么反对"捧"，怎么解决"捧"带来的问题。

你在写作的时候如何应用呢？比如你要写"失败是成功之母"，那你就要先说清什么是成功和失败，然后再阐述，为什么失败是成功之母。比如，失败了之后，人会进行自我反思，失败会培养人的韧性，等等，这些品质是有利于成功的。最后再写怎么办。失败了之后，我们不能停止奋斗，要不断地钻研。

我们写一篇简单的议论文，刚开始不要去想我怎么去反证、反讽，先回到根本，用三段论证把问题讲清楚。

图书在版编目（CIP）数据

犀利的批判者 / 申怡著. — 成都：天地出版社，2023.5
（读懂鲁迅很容易）
ISBN 978-7-5455-7631-3

Ⅰ.①犀… Ⅱ.①申… Ⅲ.①鲁迅著作—文学欣赏—青少年读物 Ⅳ.①I210.97-49

中国国家版本馆CIP数据核字（2023）第034117号

XILI DE PIPAN ZHE
犀利的批判者

出 品 人	杨　政
总 策 划	陈　德
策划编辑	李婷婷　王加蕊
责任编辑	刘　璐
美术设计	刘黎炜
内文排版	书情文化
营销编辑	陈　忠　魏　武
责任校对	卢　霞
责任印制	刘　元　葛红梅

出版发行	天地出版社
	（成都市锦江区三色路238号　邮政编码：610023）
	（北京市方庄芳群园3区3号　邮政编码：100078）
网　　址	http://www.tiandiph.com
电子邮箱	tianditg@163.com
经　　销	新华文轩出版传媒股份有限公司

印　　刷	北京中科印刷有限公司
版　　次	2023年5月第1版
印　　次	2023年5月第1次印刷
开　　本	889mm×1194mm 1/16
印　　张	9
字　　数	150千字
定　　价	40.00元
书　　号	ISBN 978-7-5455-7631-3

版权所有◆违者必究
咨询电话：（028）86361282（总编室）
购书热线：（010）67693207（营销中心）

本版图书凡印刷、装订错误，可及时向我社营销中心调换。